www.ingramcontent.com/pod-product-compliance
Lightning Source LLC
LaVergne TN
LVHW010405070526
838199LV00065B/5903
9789358722338

اندھے چراغ

(افسانے)

ابراہیم شفیق

© Ibrahim Shafiq

Andhe Charaagh *(Short Stories)*

by: Ibrahim Shafiq

Edition: January '2025

Publisher :

Taemeer Publications LLC (Michigan, USA / Hyderabad, India)

ISBN 978-93-5872-233-8

9 789358 722338

مصنف یاناشر کی پیشگی اجازت کے بغیر اس کتاب کا کوئی بھی حصہ کسی بھی شکل میں بشمول ویب سائٹ پر اَپ لوڈنگ کے لیے استعمال نہ کیا جائے۔ نیز اس کتاب پر کسی بھی قسم کے تنازع کو نمٹانے کا اختیار صرف حیدر آباد (تلنگانہ) کی عدلیہ کو ہو گا۔

© ابراہیم شفیق

کتاب	:	**اندھے چراغ** (افسانے)
مصنف	:	**ابراہیم شفیق**
صنف	:	فکشن
ناشر	:	تعمیر پبلی کیشنز (حیدرآباد، انڈیا)
سالِ اشاعت	:	۲۰۲۵ء
صفحات	:	۹۸
سرورق ڈیزائن	:	تعمیر ویب ڈیزائن

فہرست

پیش لفظ	مغنی تبسم	6
سلف پورٹریٹ	ابراہیم شفیق	10
(۱) دل کا کیا رنگ کروں		13
(۲) در نہیں دیوار نہیں		25
(۳) ایک ہوا اور چلے		36
(۴) کھوئی ہوئی منزل		45
(۵) شیشوں کا مسیحا		58
(۶) بوند کی پیاس		77
(۷) اندھے چراغ		85

پیش لفظ

ڈاکٹر مُغنی تبسّم

میرے لئے یہ بڑی خوشی کی بات ہے کہ میرے دوست ابراہیم شفیق کی کہانیوں کا مجموعہ شائع ہو رہا ہے۔ اس مجموعے کو اب سے بہت پہلے شائع ہونا چاہیئے تھا۔ ایسا ہوتا تو افسانہ نگار کی حیثیت سے ابراہیم شفیق کو وہ مقام جلد حاصل ہو جاتا جس کے وہ مستحق تھے اور وہ خود بھی اس فن کی راہ میں زیادہ تیزی سے آگے کی منزلوں کی طرف گامزن ہوتے۔ اس مجموعے کی اشاعت کے ساتھ ابراہیم شفیق کی افسانہ نگاری کا ایک دور ختم ہوتا ہے۔ "بلند کی پیاس" اور دوسری کہانیاں لکھ کر انہوں نے اپنے لئے ایک نئی راہ تلاش کرلی ہے۔ اب ان کا فن عصری تقاضوں سے زیادہ ہم آہنگ ہوگیا ہے۔ اس کے باوجود اس مجموعے کی کہانیوں کی اہمیت کم نہیں ہوتی۔ یہ کہانیاں گوناگوں خوبیوں کی وجہ سے اب بھی دلکشی اور جاذبیت رکھتی ہیں۔ اور یقین ہے کہ دلچسپی سے پڑھی جائینگی۔

ان کہانیوں کا نمایاں وصف وہ ادبیت ہے جو زبان کے استعمال

اور طرزِ اظہار میں جھلکتی ہے۔ ان کی زبان شستہ اور شائستہ معیاری زبان ہے۔ وہ زبان کو محض داستان سرائی اور واقعہ نگاری کے لئے استعمال نہیں کرتے بلکہ اس کے ادبی اور تخلیقی منصب کو ہمیشہ ملحوظ رکھتے ہیں۔ لہجے میں ایسی شگفتہ متانت ہے جو حزن کے احساس کو دھیما کر دیتی ہے۔

ابراہیم شفیق کو کہانی کی صناعت پر کافی دسترس حاصل ہے۔ وہ قصّے کو دلچسپ بنانے اور قاری کی دلچسپی کو آخر تک قائم رکھنے کا ہنر بھی جانتے ہیں۔ ان کی کہانیوں کے پلاٹ عام طور پر اتنے گتھے ہوئے ہوتے ہیں کہ کہیں جھول پیدا نہیں ہوتا۔ انھوں نے کہانی کے فارم میں بہت عرصے تک کوئی تجربے نہیں کئے۔ البتہ جدید تر کہانیوں میں روایتی فارم کو توڑنے کی کوشش ملتی ہے۔ چند کہانیوں کے تھیم بالکل نئے اور اچھوتے ہیں۔

ابراہیم شفیق مزاج کے اعتبار سے شاعر ہیں۔ ان کی کہانیاں عام طور پر شدید داخلی احساس اور جذبات کی پیداوار ہوتی ہیں جن کی تہ میں رومانی تخیل پسندی اور انسانیت دوستی کارفرما نظر آتی ہے۔ ان کے کردار سماج کے ستائے ہوئے یا قسمت کے مارے ہوئے لوگ ہیں جنھیں زندگی سے پیار ہے لیکن زندگی سے زیادہ وہ اصول اور وہ قدریں انھیں عزیز ہیں جن کے مطابق وہ زندگی بسر کرنا چاہتے ہیں۔ اس کی خاطر وہ مصائب جھیلتے اور ایثار و قربانی سے کام لیتے ہیں (رشیدہ، روپ متی، نرجس، سہیل، فرخ، صفیہ، وجے نیل وغیرہ) اپنے مخصوص اخلاقی اور سماجی تصوّرات کی مدد سے افسانہ نگار نے ایک ایسی دنیا تخلیق کی ہے جس میں زندگی چند خاص انسانی اور معاشرتی رشتوں میں جکڑی ہوئی دکھائی دیتی ہے۔ غالباً یہی وجہ ہے کہ ان کہانیوں میں منفرد کردار نہیں ملتے۔ کردار نگاری ان کہانیوں کا مقصد اور مطمح نظر بھی

نہیں رہی ہے۔ ان کا موضوع عام آدمی کی تقدیر ہے، اس کی زندگی ہے، اس کی چھوٹی چھوٹی خواہشیں اور اُمنگیں ہیں، اس کے دکھ اور مسرتیں ہیں جو افسانہ نگار کے تجربوں اور مشاہدات سے گزر کر اس کے اپنے محسوسات اور واردات بن جاتے ہیں اور وہ انھیں کہانی کی شکل میں پیش کر دیتا ہے۔ اس داخلیت کی وجہ سے ان کہانیوں میں وہ حصے زیادہ اثر انگیز ہو گئے ہیں۔ جہاں جذبات نگاری کی گئی ہے۔

ابراہیم شفیق کی کہانیاں عام طور پر مقصدی ہوتی ہیں۔ ایک وسیع انسان دوستی کے نقطۂ نظر سے وہ مسائل اور حالات کا جائزہ لیتے ہیں اور اپنے احساسات اور خیالات کو پورے خلوص کے ساتھ پیش کرتے ہیں۔ یہ ایک اچھی بات ہے کہ وہ کسی بندھے ٹکے نظریئے کو سطحی انداز میں قبول کر کے اسے میکانیکی انداز میں برتنے کی کوشش نہیں کرتے۔

اس مجموعے کی زیادہ تر کہانیاں عام پسند رسائل کے لئے لکھی گئی ہیں شعوری یا غیر شعوری طور پر وہ کسی حد تک اس مذاقِ عام سے متاثر ہوئے بغیر نہیں رہ سکے جو ادب کو تفریح اور وقت گزاری کا ذریعہ سمجھتا ہے۔ اس کے باوجود انھوں نے اپنے افسانوں کو ادب کی سطح سے گرنے نہیں دیا۔ افسانہ نگاری کے ابتدائی دور میں وہ کرشن چندر اور دوسرے ایسے افسانہ نگاروں سے متاثر رہے جو حقیقت نگاری کے دعوے کے باوجود رومانیت پسند اور جذباتی ادیب تھے۔ اب وہ اس اثر سے آزاد ہو چکے ہیں۔

ابراہیم شفیق میں ایک اعلیٰ پایہ کے ادیب اور افسانہ نگار کی تمام صلاحیتیں موجود ہیں۔ ان کی یہ صلاحیتیں جس طرح بروئے کار آنے لگی ہیں۔ اس کا اندازہ ان کی نئی کہانیوں کے مطالعے سے ہوتا ہے اور جس کا ایک نمونہ

کہانی "بوند کی پیاس" ہے۔ یہ کہانی دوسری تمام کہانیوں سے مختلف ہے اور ابراہیم شفیق کے فن میں ایک نئے موڑ کا پتہ دیتی ہے۔ اس کہانی کا طرزِ احساس اور پیرایۂ اظہار بالکل بدلا ہوا ہے۔ واحد متکلم جو اس کہانی کا تنہا کردار اور ہیرو بھی ہے ایک پیچیدہ شخصیت ہے۔ سماج، زندگی اور کائنات سے اس کے رشتے بھی بہت گنجلک ہیں۔ بہ ظاہر اس کی زندگی کا بنیادی مسئلہ سیدھا سادہ اقتصادی مسئلہ ہے۔ لیکن وہ محض اقتصادی حیوان نہیں ہے۔ ایک ضرب لگتی ہے تو اس کی شخصیت کا سارا آہنگ بگڑ جاتا ہے۔ وہ ایک سے دو اور دو سے کئی ہو جاتا ہے۔ ابراہیم شفیق نے اپنے افسانے میں اس پیچیدہ شخصیت کی داخلی کشمکش اور اس کے فشار کو بڑی چابک دستی سے پیش کیا ہے۔ یہ کہانی اس بات کا ثبوت ہے کہ ان کا فن افسردہ اور بے روح نہیں ہوا ہے بلکہ اسے ایک حیاتِ نو ملی ہے۔ ایسا معلوم ہوتا ہے کہ کہانی کا پُرانا فارم ان کی فنکارانہ بصیرت کے اظہار میں مانع تھا اور اب روایتی افسانے کے بند کو توڑ کر ان کا فن ایک سیل کی مانند رواں ہوا ہے۔ امید ہے کہ جس کہانی پر اس مجموعے کا خاتمہ ہوا ہے وہ افسانوں کے ایک دوسرے مجموعے کا حرفِ آغاز بنے گی ———— ○

سلف پورٹریٹ

آؤٹ لائین

ایک مصوّر کے لئے جہاں دوسروں کی تصویریں بنانا ایک سہل کام ہے وہاں خود اپنی تصویر کو رنگوں کی زبان دینا ایک عجیب وغریب مرحلہ۔ اپنی تصویر بناتے وقت ایک مصوّر جن کیفیات سے دوچار ہوتا ہے کچھ ویسے ہی جذبات میں اس وقت محسوس کر رہا ہوں۔ رنگوں کے اس دھندلکے میں میری نظریں دورِ ماضی کی طرف لوٹتی ہیں تو مجھے محمد ابراہیم خاں کے اندر سے جھانکتا ہوا وہ ابراہیم شفیق نظر آتا ہے جو ابھی ہائی اسکول کا طالب علم تھا۔ اور چنچل گوڑہ ہائی اسکول کے "دیواری اخبار" کا ایڈیٹر تھا۔ یہ ۱۹۴۹ء کی بات ہے اسی زمانے میں پہلی بار میں ابراہیم شفیق کے ادبی نام سے حیدرآباد دکن سے نکلنے والے بچوں کے ماہنامے "تارے" میں لکھنے لگا۔ کچھ دنوں بعد "تارے" کے ایڈیٹر جناب مسلم ضیائی ایم۔اے نے مجھے "تارے" کا جائنٹ ایڈیٹر بنالیا۔ اُس وقت میری عمر بمشکل پندرہ برس تھی۔

ابتدا میں ایک عرصے تک میں بچوں کے لئے لکھتا رہا اور باقاعدہ افسانہ نگاری میں نے ۱۹۵۳ء سے شروع کی۔ اُس وقت میں سٹی سائنس کالج حیدرآباد میں انٹرمیڈیٹ کا طالب علم تھا۔ ۵۵ء میں جبکہ عثمانیہ یونیورسٹی میں بی ایس سی سال دوم کا طالب علم تھا بین کلیاتی مقابلہ افسانہ نویسی میں میرے افسانے "کون بڑا ہے" کو انعام اول ملا۔

اس وقت میری افسانہ نگاری کی عمر کوئی سترہ سال ہے۔ ان سترہ برسوں میں میں نے ہندو پاک کے بیشتر ادبی رسائل کے لئے افسانے لکھے اور متعدد بار آل انڈیا ریڈیو حیدرآباد سے میری کہانیاں نشر ہوتی رہیں۔ کئی بار افسانوں کے مجموعے کی اشاعت کا خیال آیا۔ لیکن طبیعت اُس طرف مائل نہیں ہوئی ــــ مجھے یہ تسلیم ہے کہ میرے افسانوں کے اس پہلے مجموعے کو اب سے بہت پہلے شائع ہونا چاہیے تھا۔ لیکن زیرِ نظر مجموعہ بھی ، ابھی شائع نہ ہوتا اگر میرے مخلص دوست وکرمفرما جناب ڈاکٹر مغنی تبسم نے اس سلسلے میں خصوصی دلچسپی نہ لی ہوتی!

میری افسانہ نگاری کے سترہ سالہ عرصے میں جہاں ملکی اور غیر ملکی حالات میں نت نئی تبدیلیاں آئیں وہیں عام زندگی اور ادب میں بھی مختلف رجحانات ظہور پذیر ہوتے رہے۔ ہو سکتا ہے نادانستہ اور بالواسطہ طور پر ان کا پرتو میری تخلیقات پر بھی پڑا ہو لیکن ایک بات تو میں پورے یقین سے کہہ سکتا ہوں کہ میں نے کبھی کسی بندھے ٹکے اصول کی پابندی نہیں کی۔

میرے جو کچھ بھی ذاتی مشاہدات ہیں میری تحریریں ان کا ہی ردّ عمل ہیں ـــــ اپنے تجربات احساسات اور مشاہدات کی اسی دولت کو لئے میں افسانہ نگاری کے راستے پر چل رہا ہوں۔

والد محترم جناب محمد حبیب خاں صاحب چونکہ اعلیٰ درجہ کے مصور اور شاعر ہیں اس لیے فنِ مصوری گویا مجھے ورثے میں ملا ہے۔ اور نثر لکھتے ہوئے اکثر محسوس ہوتا ہے کہ میرے اندر کوئی شاعر بھی موجود ہے ـــــ!

● کلر رنگ

افسانوں کے اس مجموعے میں مطبوعہ و غیر مطبوعہ چودہ افسانے شامل ہیں۔ مطبوعہ افسانوں کے انتخاب میں میں نے اس بات کا خیال رکھا ہے کہ وہ آج بھی پڑھنے والوں کی دلچسپی کا باعث بنیں بشرطیکہ مجموعہ چودہ منتخب افسانوں کو میں نے تین حصوں میں تقسیم کیا ہے ـــــ "نقطے" میں میری افسانہ نگاری کے ابتدائی دور کی کہانیاں ہیں ـــــ "لکیریں" میں اس دور کی کہانیاں ہیں جب میں نے غمِ جاناں سے نکل کر غمِ دوراں کی سرحدوں میں قدم رکھا تھا۔ اور "زاویئے" میں اس دور کی کہانیاں ہیں جب فن کار اپنے شعور کی راہیں متعین کر کے آگے بڑھنے لگتا ہے۔ مجھے نئی منزلیں بلا رہی ہیں ـــــ میرا سفر ابھی جاری ہے ـــــ گو کہانی لکھنے تک میں نے کہانی کے فارم میں کوئی تجربے نہیں کئے لیکن ہمیشہ وقت کی نبض پر میرا ہاتھ رہا۔ ہر بار میں نے یہی کوشش کی کہ کسی نئے اور اچھوتے موضوع پر قلم اٹھاؤں ـــــ افسانہ لکھتے ہوئے موضوع میں تنوّع کے بعد جس چیز کو میں اہمیت دیتا ہوں وہ ہے طرزِ نگارش اور خوبصورت پیش کشی۔ جہاں کسی ادب پارے میں خیال کی گہرائی اور ندرت ہمیں ایک لازوال مسرت سے ہمکنار کرتی ہے وہیں خوبصورت اسلوبِ نگارش، الفاظ کی موسیقی اور بات کو پیش کرنے کا سلیقہ، یہ تمام چیزیں تحریر میں ایک نیا جادو جگاتی ہیں۔ اِن کے بغیر بھی نثر کا کوئی ٹکڑا آپ کو چونکا بھی سکتا ہے۔ گرما بھی سکتا ہے۔ ان کے بغیر گہری سے گہری بات کنایوں میں سمجھائی بھی جا سکتی ہے۔ لیکن نثر کے اس ٹکڑے کو میں ادبِ عالیہ نہیں کہوں گا۔ کوئی ادب پارہ پڑھتے ہوئے ہم یہ نہیں چاہیں گے کہ اس میں فلسفہ کی گتھیاں سلجھائی جائیں، نفسیات کے مسائل حل کئے جائیں، تاریخ، جغرافیہ اور اصولِ معاشیات پر خامہ فرسائی ہو یا جنسی معاملات پر روشنی ڈالی جائے یا پھر ایسی نہمات کا تذکرہ ہو جنھیں پڑھتے ہوئے ہمارے رونگٹے کھڑے ہو جائیں (جبکہ ان موضوعات پر علیحدہ علیحدہ کتابیں مل سکتی ہیں)۔ بلکہ کوئی ادب پارہ ہم اس لیے پڑھتے ہیں کہ اسے پڑھ کر ہمیں ایک دوامی مسرت حاصل ہوتی ہے۔

... ہماری روح کے دریچے کھلنے لگتے ہیں اور ہم درد کے ایک ایسے دراز رشتے سے منسلک ہونے لگتے ہیں جس سے انسان عبارت ہے ———— دوسری بات جو میں ایک سچی تخلیق کے لئے ضروری سمجھتا ہوں وہ ہے ایمانداری اور سچا خلوص۔ جب تک فنکار کو اپنے موضوع سے سچا خلوص نہیں ہوتا وہ صحیح معنو میں فنکار نہیں۔ چاہے دوسرے اس موضوع سے اتفاق کریں یا نہ کریں لیکن فن کی عظمت کیلئے فنکار کی اپنے موضوع سے پوری ایمانداری شرط اولین ہے۔ اگر کوئی مجھ سے یہ پوچھے کہ میں افسانے کیوں لکھتا ہوں تو میں یہی کہونگا کہ اپنے دل کی دنیا میں اٹھتے ہوئے ایک نامعلوم طوفان کو اور لوح ادراک پر منعکس ہونے والی بے شمار پرچھائیوں کو جو شائد خارجی کیفیات و حالات کا رد عمل ہوتی ہیں میں لفظوں کے ذریعے کاغذ پر بکھیر دیتا ہوں۔ اور ایسا کرتے ہوئے مجھے ایک تسکین ہوتی ہے۔ یہی میرا منصب ہے۔ میرا موضوع وہ انسان ہے جو رنگ و نسل کی درجہ بندی، چھوٹے بڑے کی تفریق، مذاہب کی چار دیواری اور جغرافیائی حدود سے آزاد ہے جو دنیا کا شہری ہے، جسکے دکھ میرے دکھ ہیں اور جسکی مسرتیں میری مسرتیں ——!! جو امن کا شیدائی، حسن کا پاسبان، تہذیب کا رکھوالا —— اور —— درد دل کا دیوانہ ہے ——!! اور جو آج —— زماں و مکاں سے برسر پیکار ہے ————

○ فنشنگ ٹچیس

رسمی اور روایتی فریضہ تشکر سے ہٹ کر مجھے واقعی ان رنگوں کا شکریہ ادا کرنا ہے۔ جو میری تصویر کو ابھارنے والے اہم رنگ ہیں۔ ان میں سب سے روشن رنگ ہے۔ جناب ڈاکٹر مغنی تبسم —— جیسا کہ میں نے ابتدا میں ذکر کیا ہے اگر ڈاکٹر صاحب نے اس مجموعے کی اشاعت میں خاص دلچسپی نہ لی ہوتی تو نہ جانے اور کتنے برس اسکی اشاعت عمل میں نہ آتی اور آپ اسے پڑھنے کی زحمت سے بچ جاتے۔ ٹائیٹل کے رنگوں کے انتخاب اور ڈزائن کی تیاری کے سلسلے میں والد محترم جناب حبیب خاں صاحب کا جتنا شکریہ ادا کروں کم ہے۔ میرے چھوٹے بھائی اعظم علی خاں، سکشن آفیسر پی ڈبلیو ڈی کا میں تہہ دل سے ممنون ہوں جن کی بے مثال محبت اور سچے برادرانہ پیار کی وجہ سے مجھے ان کا ہر ممکن تعاون حاصل ہو سکا۔ ناانصافی ہو گی اگر میں میری شریک حیات صفیہ کا شکریہ نہ ادا کروں جس نے پروف ریڈنگ وغیرہ میں میری مدد کی۔ میرے ننھے لڑکے احمد ندیم کو اس بات کا پتہ نہیں، کہ دوران کتابت جناب محمد غالب خوشنویس کے چھوٹے موٹے کام کر کے اس نے بھی میرا کتنا بڑا کام کیا ہے۔

جناب میر اعظم علی پروپرائٹر نیشنل فائن پرنٹنگ پریس اور محترمی جناب ہادی رحیل نے طباعتی مراحل میں جس طرح میری مدد فرمائی میں اسکے لئے ان حضرات کا بھی بیحد ممنون ہوں۔ میرے دوست جناب ڈاکٹر حبیب الرحمٰن صاحب اور جناب محمد بہاؤ الدین صدیقی کے پرخلوص تعاون کو بھی میں فراموش نہیں کر سکتا۔ آخر میں میں جناب قاری محمد غالب کلیمی خوشنویس کا تہ دل سے شکر گذار ہوں جن کی خصوصی دلچسپی اور جانفشانی کے باعث اس قدر عمدہ کتابت ہو پائی۔

ابراھیم شفیق

—— بنگلہ بیتی حیدرآباد دکن ۲۴

دل کا کیا رنگ کروں

چاندنی رات میں جوناساگر کی پہاڑیاں چاندی کی طرح چمک رہی تھیں۔ نامکمل جوناساگر ڈیم کا عظیم حصہ انسانوں کے عظیم کارنامے کا مظاہرہ کر رہا تھا۔ رات کے سناٹے میں بھی سینکڑوں مزدور بڑے بڑے برقی قمقموں کی روشنی میں مصروف کار تھے۔ بہت دور پہاڑیوں کے دامن میں ساری آبادی میٹھی نیند سو رہی تھی اور اس ڈیم کے قریب زندگی مصروف جدوجہد تھی۔ سیمنٹ اور پتھروں کو ملانے والی مشینوں کی گڑگڑاہٹ اور مزدوروں کی آوازیں دور دور تک سنائی دیتی تھیں۔ قریب ہی ایک چٹان کے دامن والے کیمپ میں ادھیڑ عمر کا کیپٹن دلربا پر کوئی فوجی گیت گا رہا تھا۔ مجھے اپنے کیمپ میں اس کی آواز صاف سنائی دے رہی تھی۔ سارا دن جوناساگر کی پہاڑیوں پر گھومنے گھومنے میں کافی تھک گیا تھا اور بستر پر دراز ہو کر سونے کی تیاری

کررہا تھا۔ مجھے یہاں آئے زیادہ دن نہیں ہوئے تھے لیکن میں اطراف واکناف کی تقریباً ہر چیز سے واقف ہوگیا تھا اور کیپٹن سے تو میں پہلے ہی روز متعارف ہوا تھا۔ میں جب جھیل ناساگر کی پہاڑیوں کا منظر بنانے کے بعد قریب ہی کے ایک ہوٹل میں چائے پینے کے لئے گیا تھا تو اُسی ہوٹل میں ایک ادھیڑ عمر کا آدمی آتا ہوا دکھائی دیا۔ میں اس کے چہرے سے زیادہ اس کی چال پر غور کررہا تھا۔ جس میں نوجوانوں کی سی پھرتی تھی، سُرخ سُرخ چہرے پر فرنچ کٹ داڑھی، سر پر ہیٹ، ایک کندھے پر دلربا لٹکا ہوا۔ اور دوسرے پر ایک سوٹی سی تھیلی جس میں نہ جانے کیا کیا تھا۔ وہ آدمی ایک فوجی قمیص اور نیکر پہنے ہوئے تھا اور ایک موٹا سگار خاص انداز سے پی رہا تھا۔ اُسے دیکھ کر یکبارگی میرے ذہن میں رابن سن کروسو کی تصویر آگئی تھی۔

پہلے تو میں نے اُسے بھی ایک سیاح مُصور سمجھا لیکن بعد میں کسی نے مجھے بتایا کہ وہ اسی ہوٹل کا مالک ہے۔ بہت دلچسپ آدمی ہے۔ کچھ رسمی تعارف کے بعد اس نے خود بھی اپنا تعارف کرایا۔ "لوگ مجھے کیپٹن کے نام سے پکارتے ہیں اور میں دوسری جنگِ عظیم میں فوج کا کیپٹن تھا۔ اِدھر دنیا میں اپنا کوئی نہیں ہے۔ ایک بھائی تھا لیکن جنگ کے بعد اس کا بھی پتہ نہیں چلا۔ معلوم نہیں وہ زندہ ہے یا مرگیا۔ بس اپنا کام اب شہر شہر گھومنا ہے۔ لوگوں سے پیار کرنا ہے۔ محنت سے پیار کرنا ہے"

آنکھیں بند کرکے سگار کا ایک کش لیتے ہوئے وہ پھر بولنے لگا تھا۔

"اپنی ایک بیوی تھی جو چیچک سے مرگئی۔ اب تو یہ باجا اپنا دوست ہے... اپنی بیوی ہے اور اپنا سب کچھ ہے۔"

"کیپٹن! تم یہاں اکیلے ہو۔ کیا تمہیں اپنی مرحوم بیوی اور رشتہ داروں کی یاد نہیں آتی ؟"

"دیکھو! آدمی زندگی سے ہر حالت میں محبت کر سکتا ہے۔ میں یہاں اکیلا نہیں، سیکڑوں ہزاروں مزدوروں کے درمیان ہوں۔ دن تو میں ان لوگوں کے ساتھ گزار لیتا ہوں اور رات کو یہ باجا اپنا دل بہلاتا ہے۔

خوب کام کرو !

خوب کھاؤ !

اور لوگوں سے محبت کرو۔

پھر دیکھو زندگی کیا ہے ؟ ——— ہاہاہا ———"

کیپٹن نے بھرپور اعتماد سے جواب دیا تھا۔ یہ کہتے وقت اُس کی کنپٹی کی رگیں اُبھر آئی تھیں۔ آنکھوں میں حیات افروز چمک آگئی اور چہرے کی جھرّیوں پر حقیقت کی لکیریں گہری ہوگئی تھیں۔

مجھے بعد میں دوسرے لوگوں نے بھی بتایا کہ کیپٹن بہت زندہ دل آدمی ہے۔ اُس عمر میں جبکہ انسان کسی ایک جگہ بیٹھ کر خُدا کو یاد کرتا ہے۔ اپنے پچھلے گناہوں کو یاد کرکے محزون و متاسف ہوتا ہے۔ یہ بوڑھا کیپٹن ایک نوجوان کی طرح ان چٹانوں پر پھرتا رہتا۔ راتوں کو کبھی مزدوروں کو دلربا پیارے اچھے اچھے گیت سناتا تو کبھی اپنے کیمپ میں بیٹھا تنہا اپنے گیتوں سے محظوظ ہوتا رہتا۔ جس طرح اُس کے دل میں سب کے لئے درد اور محبت ہے اُسی طرح اُس کی تھیلی میں بھی سب طرح کی چیزیں ہر ایک کے لئے موجود ہوتیں۔ دردِ سر کی دوا سے لے کر نیند لانے والی گولیوں تک ہر دوا اُس

کی تھیلی میں ہر وقت موجود رہتی۔ کبھی کسی مزدور کو چوٹ لگ جاتی تو وہ دوڑ کر وہاں پہنچ جاتا اور فرسٹ ایڈ پہنچاتا۔ اُس کے پاس کچھ جڑی بُوٹیاں اور دوائیں ایسی بھی تھیں جو بہت کم یاب تھیں۔ جنھیں اس نے دوسرے ملکوں کے سفر کے دوران جمع کیا تھا۔ دوسروں کو دوا دے کر اُسے بہت خوشی ہوتی۔ کوئی بیمار ہو جاتا تو اُسے اپنے ہوٹل میں لاتا۔ اپنے ہاتھوں سے دوا کھلاتا اور خود دُودھ وغیرہ کا بندوبست کرتا۔ مریض کے چہرے پر زندگی کے آثار دیکھ کر اُس کی آنکھوں میں ایک نئی روشنی چمکتی۔

کیپٹن رات کے سناٹے میں دلرُبا پر وہی گیت لہک لہک کر گا رہا تھا۔ مزدوروں کی آوازوں کے درمیان اٹھتی ہوئی اُس کی درد بھری آواز حیات کا ایک اَبدی نغمہ چھیڑ رہی تھی۔ ایسا معلوم ہوتا تھا کہ زندگی کے اِس نغمے کی گرمی سے تیز تیز چلنے والی آوارہ ہوائیں بہک جائیں گی۔ اُونچی اُونچی مضبوط چٹانیں برف کی سِلوں کی طرح پگھل جائیں گی۔ اور دھرتی کا سنگلاخ سینہ پھٹ جائے گا۔

کیپٹن برابر گائے جا رہا تھا۔

مجھے اُس کا جملہ بار بار یاد آرہا تھا۔

"خوب کام کرو!

خوب کھاؤ!!

اور لوگوں سے محبت کرو۔ پھر دیکھو کہ زندگی کیا ہے!!!"

میں لیٹے لیٹے سوچنے لگا۔ کل جب میں کیپٹن کی تصویر بناؤں گا تو اُس کے نیچے اُس کا یہ جملہ ضرور لکھ دوں گا۔ پورٹریٹ کے لئے کتنا موزوں آدمی ہے۔ زندگی سے

محبت کی اِس کیفیت کو میں اُس کے چہرے پر ضرور دکھاؤں گا۔ خوشی سے میرے خیالوں میں رنگ مچلنے لگے۔ اور میرے تصور کا کینوس تھرتھرانے لگا۔

دوسرے دن جب میں کیپٹن کی تصویر بنانے کے لئے سازوسامان لے کر اُس کے ہوٹل پہنچا تو وہ مجھے دیکھ کر مسکرا دیا۔

"آؤ بیٹھو، پہلے ایک پیالی گرم گرم چائے پی لو۔"

اُس نے کپ کو مُنہ سے لگاتے ہوئے کہا۔

پھر میں نے بھی چائے سے فارغ ہو کر ایزل پر کینوس لگا لیا۔ رنگ نکال کر پیالٹ پر ملانے لگا۔ ہوٹل میں بیٹھے ہوئے چند آدمی مجھے دل چسپی سے دیکھنے لگے۔ اتنے میں کیپٹن میرے سامنے والی سیٹ پر آ کر بیٹھ گیا۔

"کیا تم بھی میری طرح اکیلے ہو؟ کیپٹن نے مجھ سے سوال کیا۔

"جی نہیں! میرے ماں باپ زندہ ہیں۔"

میں نے جواب دیا۔

"میرا مطلب تمہاری محبوبہ سے ہے۔"

کیپٹن نے عجیب انداز سے مسکراتے ہوئے کہا۔ اُس وقت اُس کے گال سُرخ ہو گئے تھے۔

"ہاں ایک لڑکی ہے!"

میں نے کہا۔

"خیالی؟"

"جی نہیں! وہ تقریباً نوّے میل دُور شہر میں رہتی ہے!" میں نے کینوس پر برش

چلاتے ہوئے کہا۔

"کبھی اُس کی تصویر نہیں بنائی؟" اُس نے اپنی چھوٹی سی داڑھی پر ہاتھ پھیرتے ہوئے کہا۔

"جی نہیں وہ مجھے پسند نہیں۔"

کیا وہ تمہیں چاہتی ہے؟"
کیپٹن نے پوچھا۔

"بہت زیادہ، اتنا کہ ہر وقت میرے ساتھ رہ کر مجھے پریشان کرتی ہے اور میں اُس سے پیچھا چھڑانے کے لئے اکثر اکیلا دُور دُور نکل جایا کرتا ہوں لیکن وہ میرا پیچھا نہیں چھوڑتی۔"

"تمہیں اُس کی کوئی بھی چیز پسند نہیں؟"
کیپٹن نے پھر سوال کیا۔

دیکھو کیپٹن! حُسن اور خوبصورتی کا تو میں دیوانہ ہوں اور میرا خیال ہے حُسن چھوٹے لوگوں میں نہیں ہوتا۔ جھونپڑیوں میں نہیں ہوتا۔ کیونکہ حُسن کے لئے خوبصورت ماحول چاہیئے۔ کملا ایک چھوٹے طبقہ کی لڑکی ہے محنت سے کچھ تعلیم حاصل کرلی ہے۔ اس سے کیا ہوتا ہے۔" میں نے کہا۔

کیپٹن بیٹھے بیٹھے تلملا گیا۔ گال سیب کی طرح سرخ ہوگئے۔ آنکھیں سکڑ کر چھوٹی ہوگئیں۔ اُس وقت اس کی آنکھوں میں غصّہ اور نفرت کی ملی جلی کیفیت

پیدا ہوگئی تھی۔ وہ بے چینی سے اِدھر اُدھر نظریں گھمانے لگا۔ جیسے اُس نے میری باتوں کو جواب دینے کے قابل ہی نہ سمجھا ہو۔

اتنے میں ایک مزدور دوڑتا ہوا ہوٹل میں آیا اور اپنی بیوی کی بیماری کی کیفیت بیان کر کے کیپٹن کو ساتھ لے گیا۔

کیپٹن نے جاتے ہوئے صرف اتنا کہا۔

"معاف کرنا۔ بہت ضروری کام ہے۔ پھر کسی وقت تصویر بناتا"

دو تین روز کے بعد کیپٹن مجھے ڈیم سے کچھ دُور جھونپڑیوں کے قریب ملا۔ میں نے اُس کی تصویر کے بارے میں کچھ یاد نہ دلایا۔ اور خود اُس نے بھی کچھ ذکر نہ کیا۔ کیپٹن مجھے ساتھ لے کر ایک جھونپڑی کی طرف جانے لگا۔

"آؤ تمہیں ایک تصویر دکھاؤں"

اُس نے کہا۔

میں حیران تھا کہ کیپٹن مجھے کونسی تصویر دکھانا چاہتا ہے۔ پھر وہ ایک جھونپڑے کے سامنے آ کر رک گیا۔ اندر سے ایک مزدور کیپٹن کو دیکھ کر خوشی کے مارے باہر آ گیا۔ کیپٹن نے مجھے بھی اپنے ساتھ اندر چلنے کا اشارہ کیا۔

"دیکھو یہ بھی ایک تصویر ہے"

اُس نے ایک عورت کی طرف اشارہ کر کے بتایا۔ جو ایک بانس کی چارپائی پر پڑی سو رہی تھی۔

"لیکن اس تصویر پر ایک پتھر گر گیا تھا۔"

کیپٹن نے بات پوری کی۔

میں حیرت سے کیپٹن کا منہ دیکھ رہا تھا۔ اس نے اپنی تھیلی سے ایک سفید رنگ کی جڑی نکالی اور مزدور کو دے کر کہنے لگا۔ "اگر تکلیف ہونے لگے تو پتھر پر گھس کر یہ بھی لگا دینا۔"

"ڈاکٹر صاب (صاحب) بھگوان آپ کو اچھا رکھے۔ صبح سے رادھا تڑپ رہی تھی۔ آپ کی دوا سے اب آرام سے سو ئی ہے۔ آج میں کام پر بھی نہیں گیا۔ بیٹھو نا ڈاکٹر صاب! دودھ پی کر جانا!" مزدور کہنے لگا۔ میں نے اب مزدور کی طرف دیکھا تو یہ وہی مزدور تھا جو تصویر بناتے وقت آیا تھا۔

"نہیں نہیں۔ مجھے کام سے جانا ہے۔"

کیپٹن نے کہا۔

ہم دونوں باہر آ گئے اور کیمپ کو جانے والی پگڈنڈی پر چلنے لگے۔ چاندنی دودھ کی طرح پھیلی ہوئی تھی۔ ڈیم پر کام کرتے ہوئے مزدوروں کی آوازوں کے ساتھ اب بھی مشینوں کی گڑگڑاہٹ کی آوازیں آ رہی تھیں۔ اور ہم دونوں کے قدم اپنے کیمپ کی طرف اٹھ رہے تھے۔

"کیپٹن! وہ مزدور اپنی بیوی کو اتنا کیوں چاہتا ہے؟ وہ اس کی خاطر کام پر بھی نہیں گیا۔" میں نے سوال کیا۔ "اگر اس مزدور کو کچھ ہو جاتا تو وہ بھی کام پر نہ جاتی؟"

"ہاں، بالکل! کیپٹن نے پورے یقین کے ساتھ کہا۔

میں سوچنے لگا، کتنی کالی کلوٹی ہے اُس کی بیوی! کتنی دبلی پتلی، معمولی لباس اور معمولی خدوخال، پھر یہ شخص اتنا کیوں چاہتا ہے اُسے؟

"محبت یہ نہیں دیکھتی کوئی کیسا ہے۔ وہ تو یہ دیکھتی ہے کہ کس کے اندر کیا ہے؟"

کیپٹن کہنے لگا۔

شاید وہ میری سوچ کا مطلب سمجھ گیا تھا۔

"راجو اکیلا اتنا کام نہیں کر سکتا۔ اگر بالا بھی اس کے ساتھ رہے تو وہ پتھروں کو پھول کی طرح اٹھالے۔ اُسے دن رات بھی کام کرنا پڑے تو بھی وہ نہیں تھکے گا۔ کیپٹن کہہ رہا تھا۔

"اگر لوگوں کے دلوں میں یہ گرمی، یہ محبت نہ ہوتی، محبوبہ کا ساتھ نہ ہوتا تو اجنتا کی ہزاروں مورتیں کوئی نہ بناتا۔ تاج محل ادھورا رہتا اور شکنتلا کے دو ورق بھی نہیں لکھے جاتے۔" کیپٹن پھر بولا۔

"کیپٹن! تمھاری شخصیت کی طرح تمھاری باتیں بھی بہت دلچسپ ہوتی ہیں۔ میں ضرور تمھاری تصویر بناؤں گا۔"

"کیا تمھارے ہاں پورے رنگ ہیں؟" کیپٹن نے مسکراتے ہوئے کہا۔

"جی ہاں! میں اپنے ساتھ سارے رنگ رکھتا ہوں۔" میں نے کہا۔

"تو پھر کل شام کو آجاؤ اور میری تصویر مکمل کر دو۔"

میں نے کہا۔"اگر صبح کو آجاؤں تو؟"

"کوئی مضائقہ نہیں ضرور آؤ۔"

کیپٹن نے مسکراتے ہوئے جواب دیا۔

ادا خرِ سرما کا سورج جونا ساگر کی پہاڑیوں کی اوٹ سے دھندلے آئینے کی طرح نکل رہا تھا۔ دھوپ کے انتظار میں بیٹھے ہوئے چرند پرند اور انسان سب خوش ہو گئے تھے۔ ایسا معلوم ہوتا تھا کہ ڈیم اور اطراف کی پہاڑیاں بھی ابھی نیند سے بیدار ہوئی ہیں۔ صبح ہی سے کیپٹن دلربا پر کوئی گیت گا رہا تھا۔ دلربا کی آواز سن کر ہی شاید میں نیند سے چونک پڑا۔ مجھے آج بہت خوشی ہو رہی تھی کہ آج میں اس کیپٹن کی تصویر مکمل کر لوں گا۔ ویسے جونا ساگر کے خوب صورت ماحول کی میں نے چند تصویریں بنائی تھیں۔ لیکن کیپٹن کی تصویر سب سے اچھی رہے گی۔ ناشتے سے فارغ ہو کر میں رنگ وغیرہ لے کر کیپٹن کے ہوٹل پہنچا۔ کیپٹن اپنی مقررہ جگہ پر موجود نہیں تھا۔ البتہ اُس کا دلربا سامنے والی میز پر رکھا ہوا تھا۔ کچھ دیر بعد کیپٹن نے ہوٹل کے ایک کمرے سے نکلتے ہوئے کہا۔

"رنگ لے کر آ گئے؟"

"جی ہاں! ہر چیز تیار ہے۔ آپ وہ ادھوری تصویر منگوا لیجیے۔"

"پینٹر صاحب! آپ بُرا نہ مانیں تو آپ سے درخواست ہے۔" کیپٹن کہنے لگا۔

"فرمایئے" میں چونکا

"میری ایک منہ بولی بیٹی ہے۔ پہلے آپ اس کی تصویر بنائیں وہ آپ سے تصویر بنوانا چاہتی ہے۔"

"میں ضرور بناؤں گا۔" میں نے کہا۔ لیکن دل ہی دل میں مجھے کوفت ہو رہی تھی۔ کیپٹن اندر گیا۔ اس کے پیچھے ہی ایک لڑکی سر پر پلو اوڑھے ہوئے آئی اور میرے سامنے والے اسٹول پر بیٹھ گئی۔ میں ایزل پہ کینوس لگا کر رنگوں کے ٹیوب کھولنے لگا۔ معاً میری نظریں اس لڑکی کے چہرے پر پڑیں۔ میرا دماغ چکرا گیا۔ آنکھوں کے سامنے پردے حائل ہونے لگے۔ دفعتاً میرے کانوں میں جیسے ایک بہت بڑی چٹان کے ٹوٹنے کی آواز آئی۔ برش میرے ہاتھوں میں لرز کر رہ گیا۔ لفظوں نے سوکھے ہونٹوں پر ہی دم توڑ دیا۔ ایسا معلوم ہوا جیسے میرے جسم کا سارا خون سردی کی ایک لہر سے جم گیا ہے اور صرف دماغ کام کر رہا ہے۔ میرے سامنے کملا بیٹھی تھی۔

وہی کملا جس سے پیچھا چھڑانے کے لئے میں یہاں نکل آیا تھا۔

کملا یہاں کب آئی؟ کیسے آئی؟؟ وہ کیپٹن کو کیسے جانتی ہے؟؟؟

میرے ذہن کے شیشے پر مختلف سوالات پتھروں کی طرح ٹکرا رہے تھے۔

"یہ تمھیں ڈھونڈتے ڈھونڈتے کل میرے ہوٹل پر پہنچی تھی۔ رنگوں کے شہزادے پہچانتے ہو اسے؟"

کیپٹن کہنے لگا۔

"لیکن شام کو تو آپ نے کچھ...."

"ہاں کچھ نہیں کہا تھا۔ اس لئے کہ تم اس سے ملے بغیر ہی یہاں سے چلے جاتے

دیکھو یہ نحیف و ناتواں لڑکی کس کے غم میں دربدر پھر رہی ہے۔ اس کی آنکھوں کی چمک کس کے غم میں ماند پڑ گئی ہے۔ میں نے اس کے درد کی ساری داستان سنی ہے۔ اس کی تصویر بناؤ۔ کینوس پہ نہیں، اپنے دل کے اندر!" کیپٹن کہنے لگا۔

——— کملا پر اس وقت مجھے بہت پیار آیا اور میرے ہاتھ سے برش گر پڑا۔

●●

دن نہیں
دیوالی نہیں

شام کے چھ بج چکے تھے اور سورج مغربی افق پر آگ کے ایک دہکتے ہوئے گولے کی مانند نظر آرہا تھا۔ اُفق پر پھیلے ہوئے خوبصورت رنگ خوابوں کی تصویریں معلوم ہو رہے تھے یا پھر کسی ٹیکنی کلر فلم کے خوبصورت مناظر دکھائی دے رہے تھے۔ سامنے ریس کورس گراؤنڈ پر کچھ مزدور ہریالی اکھاڑنے میں مصروف تھے۔ وسیع میدان پر پھیلا ہوا دائری شکل کا ریس کورس ویران ویران سا معلوم ہو رہا تھا۔ بیچ میں سے ایک سڑک گذرتی تھی۔ سڑک کی دوسری جانب والے میدان میں بچے اور بڑے بھی شام کا لطف اُٹھاتے بیٹھے تھے۔ سامنے پلازا سنیما میں الزبتھ ٹیلر کی کوئی مشہور فلم لگی تھی۔ اُس کی ایک بڑی تصویر دُور سڑک پر سے بھی صاف نظر آرہی تھی۔ الگزنڈر روڈ شام ہونے کے باوجود بھی سنسان تھی۔ کبھی کبھی چند موٹریں اور بسیں گذر جاتیں۔ سڑک کے دونوں جانب سنکھیر کے درختوں پر لال لال پھول نمودار ہو گئے تھے۔ کیونکہ بارہ

کا مہینہ شروع ہوگیا تھا۔

اُس دن میں اکیلا نہیں تھا بلکہ میرے ساتھ روپ متی بھی تھی روپ متی کے بارے میں میں صرف اتنا جانتا تھا کہ وہ میرے اخبار کے آفس میں ایک ٹائپسٹ کی حیثیت سے صرف ایک مہینہ قبل ملازم ہوئی تھی وہ بہت ذہین اور ملا کی خوبصورت تھی۔ مجھے یہ بھی معلوم تھا کہ جہاں دفتر کی دوسری لڑکیوں کے لئے بے شمار فون آتے، بہت سے ملاقاتی آتے۔ روپ متی کے لئے کوئی کال آتی نہ ملاقاتی۔ شاید اس شہر میں اس کا کوئی دوست نہیں تھا۔ لیکن اس کے نام جو ڈاک آتی میں نے بھی کبھی اس کو دیکھنے کی زحمت نہیں کی — روپ متی ایک سیدھی سادھی لڑکی تھی۔ جتنی بات کرو۔ بس اتنا ہی جواب۔ یہ نہیں کہ "سر آج پلازا میں نئی پکچر لگی ہے"

"سر آج موسم کتنا پلیزنٹ ہے"

"آپ کی ٹائی کتنی ڈیسنٹ ہے"

یہ بات بھی نہیں کہ روپ متی پرانے خیال کی تنگ نظر لڑکی ہو۔ اُسے شہر میں ہونے والے کرکٹ میچ کے اسکور سے لیکر لوین اد کے نئے صدر سب کے بارے میں کافی معلومات تھیں وہ سادھنا کو بھی پسند کرتی تھی اور صوفیہ لورین کو بھی چاہتی تھی۔

پہلی بار وہ میرے دفتر میں ایک بوڑھے کے ساتھ آئی تھی جو شاید اس کا باپ تھا۔ بوڑھے ہی نے روپ متی کی تعلیم کے بارے میں مجھے بتلایا اور کوئی پندرہ بیس منٹ تک روپ متی کی قابلیت کے گُن گاتا رہا۔ بوڑھے

کی باتوں سے زیادہ مجھے رُوپ متی کی انکساری اور خاموشی بہت پسند آئی اور اُسے میں نے نوّے روپے ماہوار پر ملازم رکھ لیا۔

اُس دن اتوار تھا۔ اس لئے کوئی انگریزی فلم دیکھنے کے خیال سے میں روپ متی کو لیکر نکلا تھا۔

لیکن جب وہ پکچر دیکھنے پر راضی نہ ہوئی تو ہم دونوں یونہی سڑک کے کنارے چہل قدمی کر رہے تھے۔

سورج کا دہکتا ہوا گولا اُفق میں کہیں ڈوب رہا تھا ـــــ ہواؤں کے لطیف جھونکے چل رہے تھے اور دُور سامنے پلازا سینما کے ٹیوب لائیٹس روشن ہو گئے تھے۔ ریس کورس کی سفید سفید لکڑیاں مدھم مدھم دکھائی دے رہی تھیں۔ اور ہم دونوں کے قدم کار کی جانب اُٹھ رہے تھے۔

روپ متی یاد ہے نا تمہیں۔ اگلے ہفتے اخبار کا بہارا یڈیشن نکلنا ہے۔" میں نے کہا۔

" دفتر سے باہر بھی وہی کام کی باتیں؟" اُس نے مسکراتے ہوئے کہا۔

" اچھا بھئی چلو ہٹاؤ... کچھ دوسری باتیں کریں۔ یہ بتاؤ کہ تمہیں کونسا موسم پسند ہے؟" میں نے سوال کیا۔

" موسم؟" روپ متی نے زُلفوں کو چہرے سے ہٹاتے ہوئے کہا۔

اور سوچنے لگی ـــ" بارش میں تو ٹپکوں سے گھر اسقدر بھیگ جاتا ہے کہ سونے جگہ نہیں رہتی۔ سردیوں میں ایک مہین سی چادر اوڑھ کر سوتے سوتے بیزار ہو گئی ہوں۔ اور دھوپ میں تو کمرہ بھٹی کی مانند ہو جاتا ہے۔ رات بھر گرمی سے

دم نکلتا ہے۔"

"کوئی بھی نہیں!" روپ متی نے کہا۔

"کوئی موسم پسند نہیں۔ بڑی عجیب لڑکی ہو تم" میں نے کہا۔

گرما کی چاندنی راتوں میں کسی تالاب کے کنارے رات کی رانی کے قریب بیٹھ جاؤ۔ اور دیکھو کیا چیز ہوتی ہے گرما کی چاندنی رات ــــ برسات میں اپنے بنگلے کی سب سے اُوپری منزل پر چڑھ جاؤ گرم گرم کافی کا کپ منہ سے لگاتے ہوئے کھڑکی کے شیشے میں سے دور بھیگتے ہوئے درختوں کا کا نظارہ کرو۔ معلوم ہو گا کہ برسات کتنی خوبصورت ہوتی ہے اور سرما اُس کا تو ذکر ہی کیا۔ گھر کے سب دروازے بند کر کے ریڈیو کو ہلکے سُروں میں بجا کر ایک گرم لحاف میں آگ کے قریب بیٹھ جاؤ۔ دل یہ چاہے گا کہ سال بھر سرما رہے۔" میں نے کہا۔

روپ متی موسموں کی تفصیل سن کر مسکرا اُٹھی۔ اس کے چہرے کے رنگ بدل چکے تھے۔ کوئی بات اس کے ذہن میں مچل رہی تھی ــــ ہونٹوں پر لرز رہی تھی۔ پسینے سے اس کے لان کے بلاؤز کا کلف ختم ہو گیا تھا۔ اور آنکھوں میں جیسے مجبوریوں کی تصویریں جھلک رہی تھیں۔ اس نے ریس کورس کے سُنسان راستے پر نظر ڈالی جو شاید اس کو اپنی زندگی کی طرح نظر آ رہا تھا۔ جس پر کبھی کبھی مرادوں اور ارمانوں کے تیز گھوڑے دوڑتے ہیں پھر یہ راستہ ویران ہو جاتا ہے۔ اور بے ضرورت ہریالی اُگ آتی ہے . . .

آسمان پر مغرب ہی سے نمودار ہوتے ہوئے تارے جیسے اُسے اپنی منزلوں کے نشان معلوم ہو رہے تھے۔ اُس کے اندر کوئی چیز جل رہی تھی۔

پلازا کی مرکیوری لائٹ کی طرح۔ بظاہر وہ نٹ پاتھ پر کھڑی تھی لیکن اس کی رُوح دُور بھٹک رہی تھی۔

"کیوں کیا بور ہو گئی ہو؟ آؤ چلیں" میں نے کہا اور کار کا دروازہ کھول دیا۔

"روپ متی نے اپنے آپ کو کار کی پچھلی سیٹ پر گرا دیا۔

اور میری کیڈی لاک خاموش سڑک پر ہلکورے کھاتی ہوئی اس طرح گذرنے لگی جیسے کوئی کسی کے خوابوں میں چپکے سے چلا جاتا ہے۔

میں نے اپنے سامنے لگے ہوئے شیشے میں دیکھا کہ روپ متی کچھ کہنے کے لئے بے چین ہے۔ میں جانتا تھا کہ وہ کیا کہنا چاہتی ہے۔ کہاں کہنا چاہتی ہے۔ دفتر میں تو وہ ایسی بات نہیں کر سکتی تھی۔ اس لئے میں نے کار کو ایک لمبے راستے کی طرف موڑ لیا۔

"میں آپ کی بہت احسان مند ہوں"۔ . . . روپ متی کہنے لگی۔

"روپ متی مجھے ایسی باتوں سے شرمندہ مت کرو۔"

"آپ نے مجھے بہت آڑے وقت نوکری دی" وہ پھر بولنے لگی۔

"دیکھو تم پھر ایسی باتیں کرنے لگیں" میں نے روپ متی کو شیشے میں دیکھ کر مسکراتے ہوئے کہا۔ یوں لگ رہا تھا۔ جیسے اب میرے ہاتھوں میں کالا کلوٹا اسٹرنگ نہیں بلکہ روپ متی کی گوری گوری کلائیاں ہیں جن کو میں جس طرح چاہے موڑ سکتا ہوں۔ کسی بھی راستے پر . . کسی بھی منزل کی طرف . . . .

"روپ متی میں نے تمہاری وہ چٹھی پڑھی ہے جو تم نے کل کا غذات میں رکھی تھی۔" میں نے کہا۔

اور یہ کہتے ہی جیسے اُسے سانپ سونگھ گیا۔ وہ موٹر کے فرش کو گھورنے لگی۔ میں آئینے میں اس کے گالوں کی سُرخی صاف طور پہ دیکھ سکتا تھا۔ شاید وہ شرم سے پانی پانی ہو رہی تھی ــــ

اِس میں شرمانے کی کیا بات ہے۔ ضرورت کے وقت ہی آدمی قرض مانگتا ہے۔ اور تم تو قرض نہیں اڈوانس تنخواہ مانگ رہی ہو ــــ" میں نے کہا۔

" لیکن میں بہت شرمندہ ہوں"۔ اُس نے قدرے آہستہ کہا۔

" کیا میں پوچھ سکتا ہوں کہ ایسی کیا سخت ضرورت ہے تمہیں؟" میں نے مُسکراتے ہوئے سوال کیا۔

" بس سخت ضرورت ہی سمجھیے"۔ اس نے شرما لجا کر کہا۔ اور مجھے اس کی یہ ادا بہت بھائی ــــ میں سوچنے لگا کہ اڈوانس تنخواہ لیکر وہ بیکار نہیں خرچ کرے گی۔ ایک آدھ نئے ڈزائن کی ساڑی لے آئے گی۔ میک اپ کا کچھ نیا سامان خریدے گی۔ بہر حال اپنی نظر کے لئے نئے جلوے ہونگے اور نئے سامان۔ شاید سریتا کو دیکھ کر اس کا بھی جی للچایا ہو۔

" کل ہی لے لو۔۔۔ اس میں کیا رکھا ہے؟ میں نے کہا اور کار کو اسکی گلی کے نکڑ پہ روک دیا۔ اس نے کار سے اتر کر میرا شکریہ ادا کیا۔ وہ مجسم سپاس گزار تھی۔ میں نے مسکراتے ہوئے کار آگے بڑھائی اور وہ اپنی گلی میں چلی گئی۔

●

دوسرے دن جب روپ متی دفتر آئی تو حسب معمول سنجیدہ تھی۔ میں نے

اسے غور سے دیکھا مگر اُس کے چہرے پر غیر معمولی خوشی کی جو توقع تھی اُس کا کہیں پتہ نہیں تھا۔ دن بھر وہ اپنے کام میں مصروف رہی۔ دفتر والوں کو شاید ہماری کل والی تفریح کا پتہ لگ گیا تھا۔ اسسٹنٹ ایڈیٹر سے لیکر رپورٹر تک سبھی اس پر اپنے اپنے داؤ آزمانے کی کوشش کر رہے تھے۔

"بڑی ڈپلومیٹ لڑکی ہے یار۔" ایک نے کہا۔

"میں نے بھی آج تک اس کو نہیں سمجھا۔" دوسرے نے جواب دیا۔

"ارے گھاس کرنے کے یہ نئے انداز ہیں۔" تیسری آواز آئی۔

اور وہ ان سب آوازوں سے لاعلم اپنے کام میں مصروف تھی انگلیاں ٹائپ رائٹر پہ مصروف تھیں اور دماغ کسی گہری سوچ میں گم۔

اتنے میں کسی نے بتایا کہ اس کا ٹیلی فون آیا ہے۔ تو دفتر کے سب لوگ دنگ رہ گئے کہ اب اس کے لئے فون بھی آنے لگے ہیں۔ فون پر بات کر کے وہ واپس لوٹی تو کھوئی کھوئی اور پریشان تھی۔ میرے روم میں آ کر اس نے ایک گھنٹہ پہلے جانے کی اجازت مانگی۔ اور پیسے لے کر چلی گئی — میں نے اجازت تو دیدی لیکن سوچنے لگا تھا کہ پیسے ملتے ہی پروگرام بننے لگے ہیں۔

●

چند دنوں تک میں نے اس سے لاپرواہی برتنا مناسب سمجھا۔ لیکن ان دنوں وہ بھی کھوئی کھوئی سی رہنے لگی تھی۔ میں نہیں چاہتا تھا کہ کسی بات کو اتنا طول دوں۔ اس خیال سے میں نے پھر اُس کے ساتھ گھومنے کا پروگرام بنایا۔ پہلے اُس نے کسی مصروفیت کا بہانہ بنایا۔ لیکن بعد میں میرے

ساتھ چلنے تیار ہو گئی۔ میں نے اُس دن روپ متی کو رات کی ڈیوٹی پر نیوز کے کام کے لئے بلایا تھا۔ رات کے ایک بجے کے قریب کام ختم ہو گیا تو اُسے لیکر موتی ساگر کٹہ کی طرف نکل پڑا۔ اُس دن میں نے روپ متی کو کار میں اپنے پاس ہی بٹھا لیا تھا تاکہ مجھے اس سے بات کرتے ہوئے بار بار آئینے میں نہ دیکھنا پڑے۔

"روپ متی - اب تم بھول جاؤ کہ میں تمہارا باس ہوں اور تم میری ماتحت" میں نے کہا۔

"لیکن آپ نے میرے باس کی حیثیت سے جو احسان مجھ پر کیا ہے۔ میں اُسے . . . " وہ کچھ کہنا چاہتی تھی مگر میں نے اس کے منہ پر ہاتھ رکھ دیا

"دوستوں کا ایک دوسرے پر احسان نہیں ہوتا ـــــ" میں نے کہا۔

"تم میری ایسی دوست ہو جو میری زندگی میں عین اُس وقت آئی ہو جب میری زندگی میں صرف ایک خلاء تھا۔ مجھے محسوس ہوتا ہے کہ نہ صرف تم اب میری ہمسفر ہو بلکہ ہم خیال بھی ہو۔

"میں نے بھی آپ جیسا ہمدرد انسان نہیں دیکھا۔" اُس نے کہا۔

کیڈیلی لاک تیزی سے آگے بڑھتی رہی۔ اور اُس سے تیز میرے خیالات کی رو . . . لمحے ہواؤں میں اُڑتے رہے۔ اور خاموشیاں دل کی دھڑکنیں بن گئیں . . . . کئی موڑ آئے۔ کئی دوراہے اور چوراہے آئے . . . . کیڈیلی لاک کے پہیوں کو جیسے پر لگ گئے تھے۔ اور دیکھتے ہی دیکھتے میری کار ساگر کٹہ کے ڈاک بنگلے کے احاطہ میں داخل ہو گئی تھی۔

"کتنی خوب صورت جگہ ہے یہ۔ کتنی خوبصورت چاندنی رات" میں نے کہا

"جی ہاں چلئے باہر ہی ٹہلیں" روپ متی نے کہا۔

"چاند چھُپے گا نہیں۔ آؤ پہلے اندر چائے وغیرہ پی لیں" میں نے کہا۔

روپ متی کے پاؤں رُک رُک کر اُٹھ رہے تھے۔ اس کے ہر قدم پر کتنے بھنور میرے خیالات میں بنے کتنے بُلبلے اُٹھے۔ ایسی چال کا میں کتنا دیوانہ ہوں۔ اس کے ہاتھ کتنے خوبصورت ہیں..... میں اِن ہاتھوں کا شیدائی ہوں اس کے لب و رخسار.... گیسو، مجھے بہکا دینے کے کتنے سامان مہیا ہیں... زندگی شراب کا ایک جام ہی تو ہے جسے آخری قطرے تک پی جانا چاہئے" میں سوچنے لگا۔

زندگی..... "بات سوچ سے نکل کر لبوں تک آنا چاہ رہی تھی۔

"زندگی؟؟" آپ کیا کہہ رہے تھے۔

"زندگی اسی کا نام تو ہے۔" میں نے کہا۔

اُس وقت تک ہم دونوں کمرے میں آگئے تھے۔ کھڑکیوں میں سے پورا چاند صاف دکھائی دے رہا تھا۔ نیچے ساگر کا پانی سیّال چاندنی کی طرح معلوم ہو رہا تھا۔

"آج فضاؤں میں کتنا نشہ ہے۔" میں نے کہا اور اُس کے قریب جاکر اُس پر ایک بھرپور نظر ڈالی..... میری نظریں جیسے گرم گرم شعاعیں تھیں جو روپ متی کے وجود کے اندر دھنس جانا چاہتی تھیں۔ اس سینے کی گُڑیا کو پگھلا دینا چاہتی تھیں۔ اُن میں تڑپ تھی، بھوک تھی اور زندگی تھی ـــ روپ متی نے چند لمحوں کے لئے میری آنکھوں میں جھانکا۔ میرے خیالات کو بھانپا۔ اور جیسے

اُس کے حواس گم ہو گئے۔ حُسن اور نور کی کیفیت اُس کے چہرے سے غائب ہو گئی۔

"روپ متی کار میں سے تھرماس تو لا لو" میں نے روپ متی سے کہا تاکہ وہ چلی جائے تو میں اپنے حواس پر قابو پا سکوں اور خود اس کا بھی ڈر ختم ہو جائے... پھر میں نے اپنے آپ کو قریب کے ایک صوفے پر گرا دیا اور سگریٹ سُلگا کر لمبے لمبے کش لینے لگا۔ میری نظریں کمرے کا اور باہر چاندنی کا جائزہ لے رہی تھیں۔ آج کی رات میری زندگی میں کتنے دنوں بعد آئی تھی۔ میرے دماغ پر بس روپ متی ہی چھائی ہوئی تھی۔ ایسی روپ متی جسے دفتر کا کوئی آدمی اپنا نہ سکا تھا۔ میں نے اُسے صرف لٹتے روپے میں اپنا لیا تھا۔ کسی نئی چیز کو اپنانے کا جو احساس ہوتا ہے وہی مجھ میں تھا، اور میں نے ڈاک بنگلے کے پلنگ پر مسکراتے ہوئے ایک نظر ڈالی۔

سگریٹ ختم ہونے کے قریب تھا۔ لیکن روپ متی ابھی تک واپس نہ آئی میں نے باہر جا کر دیکھا تو وہاں کوئی نہیں تھا۔ نہ معلوم روپ متی کہاں چلی گئی تھی۔ سڑک پر نظر ڈالی تو دُور ایک لڑکی بھاگتی جا رہی تھی۔ میں نے بھی بھاگنا شروع کیا۔ اب مجھے صاف نظر آ رہا تھا کہ وہ روپ متی ہی ہے۔ میں آواز لگانا چاہتا ہی تھا۔ لیکن میری آواز رُک گئی۔ ایک خیال آ گیا۔ جو چیز زبردستی حاصل کی جائے اس سے کیا حاصل۔ لیکن .... میں ضرور دیکھوں گا کہ وہ اس نئے راستے پر کدھر جا رہی ہے۔ رات کے اس قدر سناٹے میں اس کا جی کیوں نہیں گھبرا رہا ہے۔

"وہ کون خوش نصیب ہے جس کے لئے وہ مجھے، اس چاندنی رات کو... ...خوب صورت کیڈی لاک اور آرام دہ ڈاک بنگلے کو چھوڑ کر جا رہی ہے۔" میں سوچنے

لگا.... میرے دل میں رشک و حسد کا ایک طوفان تھا۔ میں بھی اُس کے ساتھ ساتھ جارہا تھا۔

چلتے چلتے وہ ایک گلی میں پہنچ گئی۔ تنگ و تاریک گلیوں میں سے وہ چلی جارہی تھی۔ اور میں نے زندگی میں پہلی بار اِس قدر گندی گلیوں میں قدم رکھا تھا۔ کتنے فرسودہ مکانات اور کس قدر تاریک گلیاں۔ مجھے دیکھ کر کچھ کتے بھی بھونکنے لگے تھے۔

چلتے چلتے وہ ایک بوسیدہ مکان میں داخل ہوئی جس کا کوئی دروازہ نہیں تھا۔ البتہ ایک ٹوٹی دیوار پر پڑا پردہ دروازے کا کام دے رہا تھا۔ وہ مکان میں داخل ہوگئی تھی۔ اور میں نے کان پردے پر لگا دیئے۔

"ماں !!۔۔۔ ماں !!! مجھے بچاؤ۔ روپ متی نے زور سے چیخ کر کہا۔

اُس کی آواز سن کر اُس کی ماں ایک چیخ مار کر بیدار ہوئی۔

"کیا ہوا روپا ؟۔۔۔۔

"ماں ! پتاجی سنی ٹوریم سے کب واپس آئیں گے؟ انہیں جلدی بلالو... جلدی بلالو... میں کام کرتے کرتے تھک گئی ہوں .... یہ انجکشن واپس کردیں گے۔ قرضہ واپس کرنا ہے ماں .... اِس میں دوا نہیں زہر ہے ماں ... روپ متی بچوں کی طرح بلک بلک کر رونے لگی۔

میرے کان جیسے پھٹ سے گئے تھے۔ اندر ہی اندر کوئی جوالا مکھی پھٹ پڑا تھا۔ آس پاس کی ٹوٹی پھوٹی دیواروں کو دیکھ کر خیال آیا کہ یہ دیواریں مجھ پر کیوں نہیں گر جاتیں! وہ میں ان میں دب کر مر کیوں نہیں جاتا ؟؟ ——— ●●

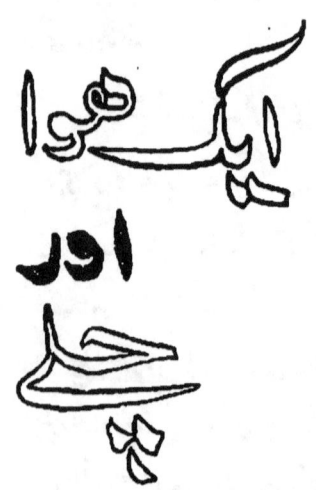

ایک ہوا اور بچے

ہوائیں تیزی سے چل رہی تھیں۔

قاضی پیٹھ اسٹیشن سے ٹرین حیدرآباد کے لئے روانہ ہو چکی تھی۔ سرما کی چھٹیاں اپنی نانی کے ہاں گذار کر میں اپنے وطن کو واپس جا رہی تھی۔ اُس وقت میری ماں بھی میری ہم سفر تھی۔

"بہت سرد ہوائیں چل رہی ہیں۔ کھڑکیاں بند کر لو!"

ماں نے مجھ سے کہا۔

برابر کی سیٹ پر بیٹھی ہوئی عورت مجھے اِس انداز سے دیکھنے لگی جیسے وہ بھی یہی کہنا چاہتی ہے۔ اُس عورت کی گود میں ایک بچہ سو رہا تھا جسے وہ گرم رکھنا چاہتی تھی۔ اُس کی بغل میں ایک معمر عورت گرم شال اوڑھے ہوئے تھی۔

"صرف ایک کھڑکی کھلی رکھتی ہوں۔"

میں نے ماں سے کہا اور اُس پر اپنا سیدھا ہاتھ رکھ کر بیٹھ گئی۔ قریب کی بنچ پر بیٹھی ہوئی ایک لڑکی مجھے مُسکرا کر دیکھنے لگی۔ پھر کوئی انگریزی اخبار پڑھنے میں محو ہوگئی۔

"کیا یہ آپ کی بیٹی ہیں؟"

شال والی عورت نے پوچھا۔

"جی ہاں!" ماں نے کہا۔

"شادی کب ہے اِن کی؟"

بچے والی عورت پوچھنے لگی۔

"اِسی مہینے میں منگنی ہو رہی ہے۔

ماں نے کہا۔

منگنی کا نام سُن کر مجھے عجیب سا خوف لگ رہا تھا۔ جب سے مجھے معلوم ہوا تھا کہ شہر جانے کے بعد میری منگنی ہونے والی ہے۔ ایک نا معلوم خوف میری رُوح پر مسلّط ہو رہا تھا۔

ٹرین ہوا سے باتیں کرتی ہوئی دَوڑ رہی تھی۔ جیسے جیسے وہ آگے بڑھتی جا رہی تھی۔ میرے ذہن سے گاؤں کے نقوش مٹتے جا رہے تھے۔ شہر کی مصروف زندگی کے خاکے، بے رحم انسانوں کی بستیاں، مطلبی رشتوں کے جال ایک ایک کرکے اُبھر رہے تھے۔ یہاں گاؤں میں وقت کچھوے کی طرح چلتا ہے، کیچوے کی طرح رینگتا ہے۔ صبح سے شام تک کا وقفہ کتنا لمبا معلوم ہوتا ہے۔ لیکن وہاں شہر میں وقت کے قدم بہت تیز تیز اُٹھتے ہیں۔ اور اب جیسے جیسے ٹرین شہر کی طرف بڑھتی

جا رہی تھی۔ وقت کے قدموں کو پر لگ رہے تھے۔

میں ہر سال چھٹیاں گزارنے اپنی نانی کے گاؤں آتی ہوں۔ لیکن اب کی بار یہاں سے جاتے ہوئے میرے دل کی حالت غیر تھی بسب رشتہ دار خوش تھے کہ میرے سہرے کے پھول کھلنے والے ہیں۔ جب سے میں نے ہوش سنبھالا ہے کسی کو اتنا خوش نہیں دیکھا جتنا میری شادی کی خبر سُن کر یہ لوگ خوش تھے۔ مجھے اُن کی حالت پر رحم آتا ہے کہ کیسے بھولے ہیں یہ لوگ کہ آنے والی خوشی کی اُمید میں ابھی سے اِتنے مسرور ہیں مجھے یقین نہ آتا تھا کہ شہر جانے کے بعد میری منگنی ہوگی۔ نانی نے ابھی سے قیمتی ساڑیاں اُٹھا رکھی ہیں۔ ماں مجھے اپنا سارا زیور دے دینا چاہتی ہے۔ بھائی میرے ہونے والے دُولہا کو تحفے دینے کی باتیں کرتے ہیں۔ لیکن میرا دل اُداس ہے مجھے یقین نہیں آتا۔ کتنے لوگ مجھے دیکھنے آئے اور خاموش چلے گئے۔ کتنی بار میرے دل کا شیشہ ٹوٹ چکا ہے۔ کتنی بار میری رُوح کا دامن تار تار ہوا ہے۔ پھر میں کیسے یقین کرلوں کہ ان شیشوں کا جوڑنے والا آئے گا۔ تار تار دامن کی دھجیوں کو کوئی سی دے گا۔ ضبطِ غم نے مجھے اندھیری راتوں سے محبت سکھا دی تھی۔ اب کہیں شہنائیاں بجتی ہیں تو میں ایک نوخیز پودے کی طرح لرزہ براندام ہوجاتی ہوں۔ برہا کے گیت مجھ سے بے تعلقی ظاہر کرتے ہیں۔

ٹرین فرّاٹے بھرتی ہوئی۔ رات کا سینہ چیرتی ہوئی آگے بڑھ رہی تھی۔ ٹرین کی طرح یاد کی کوئی لکیر میرے ماضی کے گھُپ اندھیرے میں پیچھے کی طرف دوڑ رہی تھی۔ پیچھے، بہت پیچھے۔ جہاں وقت تھک کر سو جاتا ہے۔ ماضی کے اُس

دُھندلے چہرے کے میں مجھے دُلہن بنا کر بٹھایا گیا تھا۔ آنچل میں سر جُھکائے ہوئے میں کچھ نئی عورتوں کے درمیان بیٹھی ہوئی تھی۔ جو مجھے پسند کرنے آئی تھیں۔ میرا دل بھی اِس ٹرین کے انجن کی طرح دھک دھک رہا تھا۔ ہاتھ پاؤں ٹھنڈے ہو گئے تھے۔

"بیٹی ذرا آنکھیں کھولو!"

ماں نے پیار سے کہا۔

میں جانتی تھی کہ میرے چہرے پر بہت سی نگاہیں جم گئی ہیں۔ نگاہیں جو میرے چہرے کے ایک ایک حصّہ کا جائزہ لے رہی ہیں۔ میری آنکھیں بند تھیں لیکن میں انھیں دیکھ سکتی تھی۔ اُن کی گرمی محسوس کر سکتی تھی۔

"آنکھیں کھولو بیٹی!"

ماں نے پھر اِصرار کیا۔

شاید وہ عورتیں یہ دیکھنا چاہتی تھیں کہ میں کہیں کانی تو نہیں ہوں۔ میں نے ایک لمحہ کے لئے آنکھیں کھولیں۔ وہ عورتیں میرے چہرے کے نقوش کو یوں پرکھ رہی تھیں جیسے میں کوئی خود ساختہ چیز ہوں۔ ہر آج میں رکھا ہوا چلنے کا سیٹ ہوں۔ کوئی کشمیری شال ہوں یا کھلونوں کی دُکان میں رکھی ہوئی گڑیا ہوں۔ لیکن میں تو اُن کی طرح ایک عورت ہوں۔ میرے چہرے کی بناوٹ میں میرا کوئی حصّہ نہیں۔ پھر یہ عورتیں کیوں مجھے ایسے گھور رہی ہیں" میں سوچنے لگی تھی۔

یہ لوگ صرف میرے چہرے کو دیکھ لیں تو غنیمت ہے۔ لیکن یہ عورتیں میرے جسم کے ایک ایک عضو کو بھی دیکھیں گی۔

"ذرا کھڑی رہو بیٹی!"

میری خالہ نے کہا۔

میں کھڑی ہو گئی

"اچھا اب بیٹھ جاؤ!"

میں بیٹھ گئی۔

"قدم اچھا معلوم ہوتا ہے!"

کسی عورت نے سرگوشی کی۔

"بال بھی بُرے نہیں"

دوسری آواز آئی۔

"بند کرو یہ بکواس!" میری رُوح چیخ چیخ کر کہہ رہی تھی۔ لیکن اُس کی چیخ پُکار میرے وجود کی کھوکھلی عمارت کے اندر ہی اندر گونج کر رہ گئی۔

میرا دل لرز رہا تھا۔ ایک سوکھے پتّے کی طرح۔ یہ عورتیں ضرور میرا ہاتھ بھی دیکھیں گی۔ اس خیال ہی سے میرے ہاتھ اور بھی ٹھنڈے ہو گئے۔ میں پانی پانی ہو رہی تھی۔ میرا سیدھا ہاتھ مجھ میں احساس کمتری کی بدترین کیفیت پیدا کر رہا تھا۔ جب میں اسکول میں پڑھتی تھی تو سب لڑکیاں لکھ سکتی تھیں اور میں خاموش بیٹھی رہتی تھی۔ کئی مہینے یوں ہی گزرے۔ پھر میں نے بائیں ہاتھ سے قلم پکڑنا سیکھا۔ اِس ہاتھ نے مجھے اسکول کی سہیلیوں میں شرمندہ کیا۔ اور آج شادی کے بازار میں رسوا کر رہا تھا۔

آخر اُن عورتوں نے میرے ہاتھ کو دیکھنے کے لئے اصرار کیا۔

"بیٹی! ذرا سیدھا ہاتھ دکھاؤ!"

میں ہاتھ اُٹھا نہیں سکتی تھی۔ میرے قریب بیٹھی ہوئی بہن نے میرا ہاتھ اُٹھا کر اُنہیں دکھایا۔ اُس وقت میرا عالم عجیب تھا۔ وہ ہاتھ برف کی ایک سِل کی طرح ٹھنڈا معلوم ہو رہا تھا۔

میں نے دھیرے دھیرے آنکھیں کھولیں اور ان عورتوں کے چہروں کی کیفیت دیکھنے لگی۔

میں اُن کے چہروں پر نفرت اور حقارت کی تحریریں آسانی سے پڑھ سکتی تھی۔ آخر اِن لوگوں کے چہرے اتنے فق کیوں ہو گئے؟ اگر میرا ہاتھ کمزور ہے تو اس میں میرا کیا قصور ہے؟ مجھ میں کیا خرابی ہے؟ مگر یہ لوگ قربانی کے بکرے کی طرح کیوں میرے جسم کا ایک ایک عضو پرکھتے ہیں؟

وہ عورتیں چلی گئیں۔ مگر میرے دل سے ملال نہ گیا۔

اُس رات میں لیٹ گئی تو میرے وجود کے اندر کوئی برف کی سِل پگھل کر آنکھوں کی راہ سے بہتی جا رہی تھی۔ مجھے اُس رات خدا پر بہت غصہ آیا۔ اُس نے بچپن ہی سے مجھے یہ اذیت دے رکھی ہے۔ اگر ایسا کرنا ہی تھا تو یہ بار بار ذلت کیوں؟ میرا سارے کا سارا جسم اس ہاتھ کی طرح بے حس اور بے جان محسوس ہو رہا تھا۔ ایسا معلوم ہو رہا تھا جیسے میں گلاب کے پھول پر بیٹھی ہوئی ایک کاغذ کی تتلی ہوں۔ پانی میں رکھی ہوئی کانچ کی مچھلی ہوں۔ یا پھر کسی اپاہج کا مصنوعی ہاتھ ہوں۔ مجھے بار بار یہ محسوس ہوتا تھا کہ میں رشیدہ نہیں ہوں۔ میں ایک لڑکی نہیں ہوں۔ صرف ایک بے حس اور بے جان ہاتھ ہوں۔

ٹرین کی رفتار سست ہونے لگی تھی۔ شاید کوئی اسٹیشن قریب آنے لگا تھا۔

میری آنکھوں کے کونے بھیگ چکے تھے۔ آنسوؤں کے ایک دو قطرے گالوں پر بھی ڈھلک آئے تھے۔ ٹرین میں کچھ عورتیں سو چکی تھیں۔ ماں نے نہ معلوم کب مجھے دیکھ لیا۔ وہ پریشان ہوگئی۔

"رشیدہ، تو رو رہی ہے کیا؟"

"جی نہیں، آنکھ میں کوئی پتنگا گر گیا ہے شاید!"

میں نے بات بنائی۔ لیکن میری رُندھی ہوئی آواز کو ماں پہچان گئی۔

"بیٹی رونے کی کیا بات ہے۔ خوشی کے موقع پر رویا نہیں کرتے۔" ماں نے کہا۔

ایک لمحہ کے لیے بغل کی بنچ پر بیٹھی ہوئی لڑکی اخبار ہٹا کر مجھے مسکرا کر دیکھنے لگی۔

ماں کو یقین ہے کہ میری منگنی ہوگی۔ وہ یہ بھی کہتی ہے کہ دولھا والوں نے مجھے دیکھ لیا ہے۔ اور وہ مجھے قبول کرنے کو تیار ہیں۔ لیکن دل کو یقین نہیں آتا۔ کیا دولھا والوں کی آنکھیں نہیں ہیں؟ کیا اُن لوگوں نے میرا ہاتھ نہیں دیکھا؟ کتنے دیوانے ہیں یہ لوگ جو مجھے پسند کر چکے ہیں۔

سُنا ہے دولھا تصویریں بناتا ہے آرٹسٹ کے لیے اچھے ماڈل کی ضرورت ہے۔ لیکن یہ کیسا پاگل آرٹسٹ ہے؟ جو اپنے ماڈل کے انتخاب میں بے پروا ہے۔ آرٹسٹ بہت حسّاس ہوتا ہے۔ اُس کا دل موم کی مانند ہوتا ہے کسی پر رحم کھانا اُس کی فطرت میں داخل ہوتا ہے۔ اگر اُس آرٹسٹ کو میرے ہاتھ کے بارے میں کچھ علم نہ ہو اور وہ مجھے دیکھے تو اُس کے دل پر کیا گزرے گی؟

لیکن یہ بات بھی نہیں۔ میرے بھائی نے دُولھا کو میرے ہاتھ کے بارے میں سب کچھ بتا دیا ہے۔ سُنا ہے اُس کے چہرے پر شکن تک نہیں آئی۔

"خدایا! تیرے کام کتنے عجیب ہیں، میں کچھ نہیں سمجھ سکی"۔

میں ٹرین کی کھڑکی پر اُسی طرح ہاتھ رکھے بیٹھی تھی۔ ماں بیٹھے بیٹھے سو گئی تھی۔ ہوائیں بہت سرد ہو گئی تھیں۔ برابر کی بنچ پر بیٹھی ہوئی عورت بچے کو سُلا دینے کے بعد خود بھی اُونگھنے لگی تھی۔ ہوا کے جھونکے مجھے سُرور بخش رہے تھے۔ یادوں کے دیئے تو ہواؤں ہی میں جلا کرتے ہیں مجھے شروع ہی سے ٹھنڈی ہوا بہت پسند ہے۔ بچپن میں جب میں پنکھے کی ہوا میں سونے یا آنگن میں سونے کے لئے اپنے بہن بھائیوں سے لڑتی تو ماں چڑ کر کہتی۔

"رشیدہ! تُو ہوا کی اتنی بھوکی کیوں ہے؟"

اور اب ہوا کے اِن جھونکوں میں مجھے یاد آنے لگا تھا کہ ماں کہتی تھی، جب میں چار سال کی تھی اور ایک دن کھلی ہوا میں سو رہی تھی تو ایک ہوا ایسی چلی کہ میرا ہاتھ گر گیا۔

"بیٹی ہوائیں جتنی اچھی ہیں اتنی بُری بھی ہوتی ہیں۔ وہ کھڑکی بھی بند کر لو!"

برابر والی بنچ پر بیٹھی ہوئی شال والی عورت کہنے لگی۔

"آج کل تو ہوائیں اور خراب ہو گئی ہیں۔ بغل میں بیٹھی ہوئی لڑکی بولنے لگی۔

"سائنس والے فضا میں نئے نئے خطرناک تجربے کر رہے ہیں۔ زہریلی ہواؤں کی لہریں ساری دنیا میں پھیل رہی ہیں۔ نت نئی بیماریاں پیدا ہو رہی ہیں چھوٹے

بچّے تو جلد اِن بیماریوں میں مبتلا ہو رہے ہیں۔"

"خدایا" میں سوچنے لگی۔ "بچپن میں ایک ہوا چلی تھی تو میرا ہاتھ گر گیا تھا۔
اب ایک ہوا ایسی بھی چلے کہ میرا ہاتھ پھر سے اچھا ہو جائے"!

ہوا کے جھونکے اِن تبصروں اور تمناؤں سے بے خبر برابر چل رہے تھے اور میرے سیدھے ہاتھ سے ٹکرا رہے تھے ———— ●●

کھوئی ہوئی منزل

رات کے دس بجے میں اپنی ڈیوٹی ختم کر کے ہسپتال سے لوٹ رہی ہوں۔ کار میں میرے ساتھ مس نوشین بھی بیٹھی ہیں جو یہاں کی سینئر ڈاکٹر ہیں۔ میں کچھ گھبرائی ہوئی اور پریشان سی ہوں۔ ابھی تک میرے کانوں میں مریضوں کی دردانگیز چیخیں گونج رہی ہیں۔ موت اور زندگی کے درمیان جھولتے ہوئے مریضوں کے بیمار چہرے جیسے میری آنکھوں کے سامنے ہیں۔ ہر مریض کی زبان الگ تھی لیکن درد کی زبان تو ایک ہی ہے۔ صدیوں سے انسان درد کی زبان سمجھنے کی کوشش کرتا آیا ہے۔ لیکن پھر بھی وہ پوری طرح اُسے سمجھ نہیں پاتا۔ لوگ مجھے ڈاکٹر سمجھتے ہیں لیکن میں اپنی نظر میں مریض ہوں۔ میرے درد سے کوئی واقف نہیں!

میری بغل میں بیٹھی ہوئی مس نوشین جو روز مجھے ملتی ہیں میرے اندر چھپے ہوئے درد سے واقف نہیں! اور واقف ہو کر بھی وہ کیا کر سکتی ہیں۔ میرے پرس میں رکھی ہوئی میری

میڈیکل رپورٹ کا خیال مجھ میں درد کی ویسی ہی ٹیس پیدا کر رہا ہے جو میں نے اِن مریضوں کے چہروں پر پڑھی ہے۔ ان کی آنکھوں میں دیکھی ہے اور ان کی کراہوں میں سنی ہے۔
—— اسٹیرنگ گھماتے ہوئے میں سوچ رہی تھی۔
" خدا اِن مریضوں کی دُعائیں نہیں سنتا ؟ " میں نے اپنے آپ سے مخاطب ہوتے ہوئے کہا۔

کیا مریض دُعا سے اچھے ہوتے ہیں ؟ معلوم ہوتا ہے تم بہت گھبرا گئی ہو صبوحی! تم ابھی نئی نئی ہو۔ آگے چل کر عادی ہو جاؤ گی " مس نوشین نے میری بات کا جواب دیا۔

اُن کے لہجے میں سنجیدگی، پختگی اور تجربہ کی جھلک تھی۔ اپنی آٹھ سال کی سروس میں انھوں نے سینکڑوں مریض دیکھے تھے۔ یہی وجہ تھی کہ وہ مریضوں کی چیخ و پکار پر زیادہ توجّہ نہ دیتی تھیں۔ اُن کے کانوں پر اِن آوازوں کا جیسے کوئی اثر نہ ہوتا تھا۔ اُن کے چہرے پر اضطراب اور تردّد کی کوئی شکن نہ ابھرتی تھی۔ مس نوشین بہری اور گونگی بنی اپنا کام اطمینان سے انجام دیتی رہتیں۔

میں نے مس نوشین کی بات کا کوئی جواب نہ دیا —— میں انھیں جواب دے کر اپنی بات کی مزید تردید سننا نہیں چاہتی تھی۔ یہ میری اپنی سوچ تھی اپنی آواز تھی...

مس نوشین تیس برس کی خوبصورت خاتون تھیں اور اپنے میک اپ اور بھرے بھرے خوب صورت جسم کی وجہ سے بے حد پُرکشش معلوم ہوتی تھیں۔

میرے جذبات کی طرح سنسان سڑک پر ایک میری ہی کار دیوانے کی طرح بھاگ رہی تھی۔ سڑکوں پر دو رویہ کھڑے ہوئے بجلی کے کھمبے جیسے کسی سوچ میں گم تھے۔ وائی ایم سی چوراہے پر مس نوشین کو اُن کے مکان پر چھوڑ کر میں اب بہت دُور

نکل چکی تھی ——— اور ——— اب مجھے اپنے مکان کے پھاٹک پر جلنے والا سُرخ بلب صاف دکھائی دے رہا تھا۔

خوب صورت مکان کا پُرفضا ماحول، آنگن سے آتی ہوئی رات کی رانی کی لپٹیں، ریشمی پردوں کی سرسراہٹ، تنہائیاں، بیڈ روم کی ہلکی سبز روشنی اور نرم بستر کا گداز کسی نے بھی میرے جذبات کے تلاطم کو ٹھنڈک نہ بخشی تھی۔

بستر پر لیٹی تو میں نے سوچا، کبھی میں بھی کسی دواخانے کے بیڈ پر مریضوں کی طرح لیٹوں گی بیماری اور موت کے بے رحم پنجے میری طرف بھی بڑھیں گے۔ کہیں دور۔ میں نے اپنی چیخ دواخانے کے کسی ہال میں گونجتی ہوئی سنی ——— میں کانپ اٹھی۔

نہیں نہیں ——— مجھے زندگی چاہیئے!.... زندگی چاہیئے!!

اُلجھن کے اس عالم میں ایک پرچھائیں اُبھر اُبھر کر جیسے مجھے سکون بخش رہی تھی۔ ایک نام کہیں گونج گونج کر مجھے سرور بخش رہا تھا۔ وہ ایک نام ——— جو میری زندگی تھا۔ میرے اندھیروں کا اجالا تھا۔

"سہیل ..." کتنا سکون ہے اس نام میں! بس اس ایک ہستی نے مجھے ایسے لمحوں کی جلن میں ٹھنڈک بخشی تھی۔ انٹرمیڈیٹ کے بعد ہم بچھڑ گئے۔ میں نے میڈیسن میں داخلہ لے لیا اور وہ شہر چھوڑ کر چلا گیا۔ اس کے بعد زندگی کے ہنگاموں میں سہیل نہ جانے کہاں گُم ہو گیا ——— میں نے اُسے کہاں کہاں نہ ڈھونڈا۔ کتنی محفلوں اور کتنی تنہائیوں میں تلاش کیا۔ لیکن مجھے سہیل نہ ملا۔ شفق کے رنگوں، گلاب کی خوشبو، صبح کے اجالے اور سنگیسر کی بانہوں نے ہمیشہ مجھے اُس کا ادھورا پتہ بتایا۔ وہ ہر طرف تھا۔ لیکن کسی جگہ نہیں ———!

◉

دوسرے دن رات کو مس نوشین نو بجے میرے وارڈ میں آ گئیں۔ اس دن میری نائٹ ڈیوٹی تھی لیکن مس نوشین نے میری جگہ پر ایک دوسری لیڈی ڈاکٹر کو متعین کر دیا اور مجھے ساتھ لے کر پورٹیکو میں آ گئیں۔

"تفریح سے موڈ بدلتا ہے۔ چلو آج تمہیں کچھ تفریح کراؤں!" یہ کہہ کر مس نوشین نے خود اسٹیئرنگ سنبھال لیا اور میں اُن کی بغل میں چپکے سے بیٹھ گئی۔

ہماری کار شہر کی مصروف شاہراہوں پر چلی جا رہی تھی۔ کچھ دیر بعد ہم الگزینڈر روڈ پر تھے جہاں ٹریفک بہت کم ہوتی ہے۔ انھوں نے کار کو "لیڈز" کے سامنے روکا۔ شاید وہ کوئی ہوٹل تھا۔ کچھ سیڑھیاں چڑھ کر جب ہم ہوٹل کے رُوف گارڈن پر پہنچے تو وہاں ایک گوشے میں الکٹرک گٹار، کم سپٹمبر کی مشہور دھن بجا رہا تھا۔ رُوف گارڈن پر چاروں طرف رنگ برنگی روشنیوں کے چھوٹے چھوٹے بلب روشن تھے اور اِدھر اُدھر صوفوں کی قطاریں تھیں جہاں نوجوان جوڑے بیٹھے خوش گپیوں میں مصروف تھے یا پیگ پر پیگ اُڑا رہے تھے۔ اِس ماحول سے مجھے گھن سی ہو رہی تھی۔ میں نے سوچا کہ یہ بھی کوئی تفریح کی جگہ ہے؟ اتنے میں رُوف گارڈن کے فلور پر ایک نوجوان جوڑا گٹار کی دُھن پر رقص کرنے لگا۔ دھنیں بدلتی گئیں اور رقص کے انداز بھی بدلتے گئے۔ کچھ دیر بعد فلور پر دو تین جوڑے اور رقص کرنے لگے۔ اِدھر جام ٹکرا رہے تھے اُدھر جسم۔ اِس ماحول اور منظر سے وہاں بیٹھے ہوئے لوگ بھی سُرور حاصل کر رہے تھے۔ سرور کا وہ عجیب انداز تھا۔ جذبات میں ہیجان کا نرالا ڈھنگ تھا۔ میں ایک لمحہ میں اِس سارے ماحول سے بے تعلق سی ہو گئی۔ اتنے میں ابھی ابھی آئے ہوئے ایک نوجوان لڑکے نے مس نوشین سے رقص کی درخواست کی۔ وہ پہلے مسکرائیں اور پھر فوراً

اُٹھ کر اس کا ہاتھ تھامے ہوئے فلور پہ بے تکلفی سے چلی گئیں موسیقی کی تیز دھنوں میں مس نوشین کے جسم کا ایک ایک عضو تھرک رہا تھا۔ میری آنکھوں کو یقین نہیں آ رہا تھا کہ فلور پہ اتنا ہیجان انگیز رقص کرنے والی مس نوشین ہی ہیں جو بظاہر سنجیدہ اور خشک نظر آتی ہیں۔ میں بے چین ہو کر پہلو بدلنے لگی۔ اُنھوں نے دور سے دیکھ کر میری بیزاری کو تاڑ لیا اور رقص چھوڑ کر میرے قریب آئیں۔

"چلیئے اب رات زیادہ ہو رہی ہے!" میں نے کہا۔

"ٹھیک ہے۔ چلیں گے۔ آؤ تمہیں اپنے دوست سے ملاؤں۔" یہ کہہ کر وہ اپنے ساتھ رقص کرنے والے لڑکے کو لے آئیں جس نے نیلا سوٹ پہن رکھا تھا۔

"یہ ہے مسٹر سالومن۔ اے ویری سوشیل بوائے۔ میرا سب سے اچھا دوست اور کلب کا بیسٹ ڈانسر، کبھی تفصیل سے ملاقات کراؤں گی۔" مس نوشین نے اس کا تعارف کرایا

میں نے اُسے نظریں اُٹھا کر دیکھا تک نہیں۔ البتہ اُس کا نیلا سوٹ بار بار میرے ذہن میں کچھ کریدتا رہا۔ مس نوشین نے اپنے دوست کو خدا حافظ کہا اور ہم نیچے اترنے لگے۔ ہوٹل کی سیڑھیاں اترتے ہوئے میں نے اُن سے کوئی بات نہیں کی۔

"لذت زندگی ہے۔" اُنھوں نے کہا۔

"ہوگی۔" میں نے روکھا سا جواب دیا۔

"جانتی ہو یہ کیوں ضروری ہے؟" اُنھوں نے پھر کچھ کہنا چاہا۔

"کیوں؟" میں نے طنز سے پوچھا۔

"زندگی کی حرارت کے لئے۔" مس نوشین بولیں۔

یہ جملہ کہہ کر مس نوشین میری نظروں میں اِنھیں سیڑھیوں پر بہت نیچے گر گئی تھیں۔ اُن کی سنجیدگی متانت اور بردباری کے پردے جیسے سب کے سب ایک لمحہ میں چاک ہو گئے تھے۔ میں نے محسوس کیا کہ درد اور بیماری کے ظالم ہاتھ اگر ہسپتال میں، مریضوں پر غالب آتے ہیں تو مس نوشین کو کیف و لذّت کے گرز در بازو چت کرتے ہیں۔

مس نوشین ابھی تک میری طرف جواب طلب نگاہوں سے دیکھ رہی تھیں۔

"ہوں" میں نے ٹالنے کے سے انداز میں کہا۔ میں ان کی بات کا جواب اپنے خیالات کی روشنی میں دیکر انھیں مزید اپنے اوپر مسلّط نہ کرنا چاہتی تھی۔

وہ میرے موڈ کو سمجھ گئی تھیں۔ کار چلاتے ہوئے انھوں نے گفتگو کا موضوع بدل دیا لیکن اُن کی باتوں سے بے پروا میں اپنے ہی خیالوں میں کھوئی تھی۔

میرے نظریات کے ننھے شیشے پر کسی نے ایک بڑا سا پتھر مارا تھا۔ میں ذہن میں اُن ٹکڑوں کو جوڑ رہی تھی، سمیٹ رہی تھی، ان ٹکڑوں میں میرے ماضی کی کہانیاں تھیں۔ میرے جذبات، سوچ اور فکر کی نجی تصویریں تھیں۔ کبھی سہیل کے ہاتھوں کا لمس محسوس کر کے میں نے بھی سُرور حاصل کیا تھا۔ لیکن میرا وہ سرور کتنا شرمیلا اور کتنا بے زبان تھا۔

زندگی ہے تو کیف و سُرور بھی ہے لیکن لذّت تو زندگی نہیں۔ موجیں دریا کی سطح پر ہی اُبھرتی ہیں۔ لیکن موج تو دریا نہیں... گو سہیل میرا ہمراز تھا۔ لیکن میرے جلوے تو عام نہ تھے... راستہ چلتے ہوئے میری سوچ کے دائرے پھیلتے سکڑتے گئے۔

ہماری کار خاموش سڑک پر دھیرے دھیرے دوڑ رہی تھی۔ رات بڑھ گئی تھی اور

راستے سنسان ہو گئے تھے۔ کار کے ونڈا سکرین پر وہی پرچھائیں پھر اُبھرنے لگی تھی میں خیالوں ہی خیالوں میں سہیل کو دیکھ رہی تھی اگر زندگی میں کہیں گُم ہو جانا تھا تو سہیل نے برسوں پہلے کیوں میری روح میں محبت کا پودا لگایا تھا۔ اب تو اس کی جڑیں میرے وجود میں بہت دُور تک پھیل چکی ہیں۔ اپنی بیماری کو تو میں اکثر بھُول جاتی ہوں لیکن سہیل کو بھولنا جیسے میرے بس کی بات نہیں۔ میری آنکھوں کے کونے بھیگ سے گئے۔

"تم آج بہت اُداس معلوم ہو رہی ہو۔ شاید تمھیں اپنی پرانی محبت یاد آ رہی ہے۔" مس نوشین نے میری طرف دیکھ کر کہا۔ گھُٹن کے کسی لمحے میں ایک بار میں نے انھیں اپنی محبت کی کہانی باتوں باتوں میں سنائی تھی۔ سہیل کا ذکر کیا تھا۔

میں نے نفی میں سر اس طرح ہلایا جس میں لاشعوری طور پر اثبات کی جھلک تھی۔

"یہ ایٹمی زمانہ ہے۔ صبوحی! چاند کے لئے تڑپنے والا چکور نہ جانے کہاں تھک ہار کر بیٹھا ہے۔ نئے اپالو اُسے بہت پیچھے چھوڑ کر آگے بڑھ رہے ہیں۔ اُن کا استقبال کرو۔" مس نوشین نے پھر مجھے اپنے رنگ میں تسکین دی۔

"جی!" میرے ہونٹ جبراً وا ہوئے

اتنے میں اُن کا گھر آ گیا۔ وہ میرا شکریہ ادا کر کے اندر چلی گئیں اور پھر میں ہمیشہ کی طرح تہی دل اور تہی دامن اپنی خالی کار لئے تنہا گھر کو لوٹ آئی۔

●

ایک دن میں ہسپتال کی دوسری منزل پر فیملی وارڈ میں مریضوں کو دیکھ رہی تھی کہ وہاں مس نوشین بہت تیز تیز قدموں سے میری طرف آتی دکھائی دیں۔ خلافِ معمول وہ مُسکرا رہی تھیں۔ گذشتہ چند دنوں میں اُنھوں نے مجھے محبت بھری نظروں سے دیکھنا

تک چھوڑ دیا تھا۔ اب وہ میرے بہت قریب آگئی تھیں۔

"ڈاکٹر صاحبہ تمہیں کچھ خبر بھی ہے۔ نئے سپرنٹنڈنٹ صاحب آگئے ہیں۔ ان سے ملنے نہ چلوگی؟"

"مجھے نہیں معلوم چلئے۔" میں نے کہا۔

یہ تو یہاں کا معمول ہے کتنے لوگ یہاں آتے ہیں، کتنے جاتے ہیں، کوئی گھر کی طرف واپس جاتا ہے تو کوئی مست کی طرف۔ ہم آنے والوں کی خدمت کرتے ہیں اور جانے والوں کو کبھی مسکراہٹوں سے اور کبھی آہوں سے الوداع کہتے ہیں، میں نیچے اُترتے اُترتے سوچ رہی تھی۔ میرے سامنے مس نوشین چل رہی تھیں۔ نئے ڈاکٹر صاحب کے کمرے سے اسٹاف کے دوسرے لوگ مل کر نکل چکے تھے۔ اب شاید میرا ہی تعارف باقی تھا۔ کمرے میں پہلے مس نوشین داخل ہوئیں ——— اور پھر میں۔

نیلا سوٹ ... چھریرا بدن ... چوڑی پیشانی ... جُڑواں ابرو ......

س ... ہ ... ے ... ل ... !

"صبو ... حی ... !!" ڈاکٹر صاحب کے منہ سے ہلکی سی آواز نکلی جو حیرت اور استعجاب میں ڈوبی ہوئی تھی۔

وہ اُٹھ کھڑے ہوئے۔

"سُہیل!"

"صبوحی!!"

سُہیل ... صبوحی ... سہیل ... صبوحی ... سہیل ... ناموں کے اِس ارتعاش نے ایک پل میں کتنے زمانے یاد دلا دیئے کتنے افسانے دُہرائے۔

مس نوشین ہم دونوں کا منہ تکتی کھڑی تھیں۔

"صبوحی... تم یہاں ڈاکٹر ہو۔ اب پہچانی بھی تو نہیں جاتیں۔ کتنی سنجیدہ اور کیسی باوقار بن گئی ہو.. سہیل نے اپنے وہی کالج والے اسٹائل میں کہا۔

مس نوشین نے اب میرا تعارف کرانا مناسب نہ سمجھا اور اجازت لے کر باہر چلی گئیں۔

"اور تم اتنے دنوں تک کہاں تھے؟ انٹرمیڈیٹ میں مینڈک کو چیرتے ہوئے بھی ڈرتے تھے۔ اب ڈاکٹر کیسے بن گئے؟؟ کیا یہ بھی سائنس کا کوئی کرشمہ ہے؟" میں نے بے تکلفی سے کہا۔

سائنس کا کرشمہ نہیں۔ محبت کا کرشمہ سمجھو اسے! مجھے معلوم تھا کہ تم نے میڈیسن میں داخلہ لے لیا ہے۔ میں چاہتا تھا کہ اگر تم سے زندگی میں کبھی ملوں مریض نہیں ڈاکٹر بنکر ملوں"

"لیکن میں تو ڈاکٹر ہوتے ہوئے بھی مریض ہوں!" میرے منہ سے اچانک نکل گیا۔

"میرے سوا تمھارا مرض اور کون جانتا ہے میرے پاس ہر مرض کی دوا ہے" سہیل نے ایک قہقہہ مار کر کہا۔

وہ زور زور سے قہقہے لگاتا گیا۔ قہقہے... جن کی گونج میں ماضی کے پل، گھڑیاں ماہ وسال سب کے سب خوبصورت تالیوں کی طرح ایک ایک کر کے کھل رہے تھے...

"کیا گھر نہیں بتاؤ گی؟" سہیل نے نہایت بھولے پن سے سوال کیا۔

"آج ہی آؤنا شام کو میرے ہاں۔ میرا پتہ یہ ہے" میں نے سہیل کے سامنے اپنا وزیٹنگ کارڈ رکھ دیا اور کمرے سے باہر نکلنے لگی۔

"سنو... میں چائے وائے نہ پیوں گا۔" سہیل نے مجھے ٹوکا۔

"کیوں نہیں کیا بات ہے؟" میں نے سوال کیا۔

"میں وہ اسنو پڈنگ کھاؤں گا... برسوں سے نہیں کھائی ہے۔" سہیل نے بچوں کی طرح کہا۔

میں بھی بے اختیار کھلکھلا کر ہنس پڑی ——— مجھے بھی اس طرح ہنستے ہوئے کتنے سال ہو گئے تھے۔

●

وہ شام ———

شام کہاں تھی... وہ تو میری زندگی کی نئی صبح تھی۔

مجھے یقین نہیں آ رہا تھا کہ میرے ڈرائنگ روم کے صوفے پر سہیل بیٹھا ہے! میرے کمرے کی تنہائیاں اُس کے مانوس قہقہوں سے گونج رہی ہیں۔ برسوں بعد آج میرے مکان کا پُرفضا ماحول، آنگن سے آتی ہوئی رات کی رانی کی لپٹیں، ریشمی پردوں کی سرسراہٹ اور تنہائیاں سب کے سب مجھے میرے خوابوں کے جزیرے کی یاد دلا رہے تھے۔

"ارے یہاں تو اب بچوں کی کوئی تصویر نظر نہیں آتی۔ تم تو بہت بدل گئی ہو۔" سہیل نے کہا۔

میں جواب میں مسکرا دی۔

کل میں لے آؤں گا ایک بچے کی تصویر۔ کبھی میں تو اپنی دلہن کا کمرہ بچوں اور پھولوں کی تصویروں سے سجاؤں گا۔ سہیل نے اسنو پڈنگ کھاتے ہوئے کہا۔ اس وقت میں نے محسوس کیا جیسے برف کے ہلکے ہلکے گالے میری تپتی ہوئی تمناؤں کی پژمردہ شاخوں پر گر رہے ہیں۔

"تم نے اب تک شادی نہیں کی؟" میں نے پوچھا۔
اس نے نفی میں سر ہلایا۔
"پھر اب تک کیا کرتے رہے؟" میں نے سوال کیا۔
"چھوٹی بہنوں کی شادیاں اور بیماروں کی خدمت" اس نے مختصر سا جواب دیا۔
"تو گویا تم نے اپنا وقت، اپنا سکون سب کچھ لٹا دیا" میں نے افسوس کرتے ہوئے کہا۔
"صبوحی! کھونے میں جو لذت ہے وہ پانے میں نہیں۔ زندگی کے جام سے اپنے لئے دو گھونٹ چرا لینا بہت سہل ہے۔ لیکن اس میں اپنے حصہ کی بھی شیرینی ملا دینا بہت ہی مشکل کام ہے" سہیل نے نہایت سنجیدگی اور بے حد اطمینان سے جواب دیا۔
میں صرف اس کی آنکھوں میں دیکھتی ڈوبتی رہ گئی۔ کتنی پامردی تھی ابھی تک اُس کے مزاج میں۔

○

دوسری ہی شام کو ہم کار میں بیٹھے ہوئے تفریح کے لئے کہیں دُور جا رہے تھے میں کار چلا رہی تھی اور وہ میرے ساتھ چپ چاپ بیٹھا تھا۔
"زندگی کے جام سے دو گھونٹ چرا لینا بہت سہل ہے..." سہیل کے جسم سے آتی ہوئی خوشبو کہہ رہی تھی
"صبوحی۔ !"
"ہوں"
"میں تمہیں اپنا جیون ساتھی بنانا چاہتا ہوں" سہیل نے فیصلہ کن لہجے میں کہا۔

ایک لمحہ کے لیے میں لرز گئی۔ میرے ماتھے پر پسینہ آ گیا۔ بہت دنوں سے جس چبھن کو میں بھول چکی تھی وہ پھر میرے دل میں چبھنے لگی ... درد کی ایک ٹیس میرے سینے سے نکل کر سارے جسم میں پھیل گئی۔

"میں ... میں ... میرا ابھی شادی کا خیال نہیں ہے۔" میرے ہونٹ کانپنے لگے۔

"کیوں؟"

"بس یوں ہی۔"

لیکن میرا خیال ابھی شادی کرنے کا ہے سہیل نے کہا۔

"ٹھیک ہے۔ تم شادی کر لو۔" میں نے اپنے آنسوؤں پر قابو پاتے ہوئے کہا۔

"لیکن میں تو تم سے شادی کروں گا۔ سہیل نے پھر اصرار کیا۔

"لیکن میں ... میں نہیں کر سکتی۔" میری آواز بھرا گئی۔

"کیوں؟ کیوں نہیں؟؟... بولو تم مجھے نہیں چاہتی ہو۔ مجھ سے نفرت کرتی ہو۔ میں ابھی اِسی وقت تمھاری کار سے اتر جاؤں گا اور پھر کبھی تمھارے گھر کا رُخ نہ کروں گا۔ بولو ـــــ جواب دو!"

مجھ میں اب کار چلانے کی تاب نہ تھی۔ گاڑی خود بخود ایک میدان کے کنارے پر رک گئی۔

"نہیں نہیں سہیل میں مجبور ہوں ... "میں نے اسٹئیرنگ پر سر ٹیک دیا۔ میرے گال بھیگ چکے تھے

"آخر کیا بات ہے؟ صاف بتاؤ! سہیل نے پُرزور لہجے میں کہا۔

"مجھے ... مجھے کینسر ہو گیا ہے!" میرے کانپتے لبوں نے کہا۔

سہیل کو اُس وقت جیسے سانپ سونگھ گیا تھا۔

"تمھیں کینسر ہے؟؟؟" اُس نے انتہائی غم اور پریشانی کے عالم میں کہا۔

"ہاں" میں نے کہا۔

"گھبراؤ مت... تم اچھی ہو جاؤ گی ــــ میں نے کینسر کا کامیاب علاج دریافت کر لیا ہے۔" اس نے ایک نئے عزم اور یقین سے کہا اور اٹھ کر خود اسٹیرنگ سنبھال لیا۔

میری کار واپس گھر کی طرف خوشیوں میں چُور بھاگ رہی تھی۔

●

دوسرے دن ہسپتال پہنچتے ہی میں یہ خوش خبری مس نوشین کو سنانے اُن کے کمرے میں گھس گئی۔ وہاں خلافِ معمول مس نوشین سر جھکائے نہایت مضمحل اور اُداس بیٹھی تھیں۔ کبھی میں نے انھیں اتنی بجھی ہوئی نہ دیکھا تھا۔ انھوں نے مجھے قریب بُلا کر محبت دکھ سے کہا۔

"صبوحی! میں لُٹ گئی ہوں... سالومن نے میرے ساتھ رقص کرنا چھوڑ دیا ہے۔ مجھے ٹھکرا دیا ہے۔ تم معصوم ہو... ! میرے سکون کیلئے خدا سے دعا کرو۔ شاید میری دعا قبول بھی نہ ہو" مس نوشین کے لب کانپ رہے تھے

"جی!" میں نے مؤدب شاگرد کی طرح کہا اور اپنی بات کہے بغیر کمرے سے نکل گئی ــــ باہر لابی میں سہیل میری طرف آرہا تھا۔

"اُس وقت میں نے محسوس کیا کہ میرا ابو کتنا بلند ہے۔ اس نے مجھے اپنا کر روحانی دنیا میں لامتناہی فاصلے طے کئے ہیں ... !!ــــ ●●

شیشوں کا مسیحا

میرا بنگلہ بنجارہ ہلز کے ایک اونچے مقام پر ہے۔ وہاں سے میں اپنے کمرے میں بیٹھ کر مشرقی کھڑکی میں سے دیکھتا ہوں تو تقریباً پورا شہر نظر آتا ہے۔ حسین ساگر، یونیورسٹی، فلک نوس پیلس، رصدگاہ، نوبت پہاڑ اور دوسری ہزاروں چھوٹی بڑی عمارتیں دور سے جیسے کھلونے کے مکان معلوم ہوتی ہیں مغربی کھڑکی کھول لیتا ہوں تو سامنے والی بڑی چٹان کے دامن میں یہاں کا سب سے خوب صورت بنگلہ "دلربا" نظر آتا ہے۔ ویسے یہاں ہر طرف پتھر کی چٹانیں ہی چٹانیں ہیں اور ان کے قریب بڑے بڑے عالی شان بنگلے۔ ایسا معلوم ہوتا ہے، لوگ چٹانوں پر مکان بنانے میں ایک دوسرے پر سبقت لے جانا چاہتے ہیں۔ یہ مقام شہر سے بہت دور اور پُرسکون ہے۔ اسی لئے میں نے ملازمت حاصل کرنے کے بعد اپنا مکان بنانے کے لئے بنجارہ ہلز ہی کو منتخب

کیا تھا۔ دوسری بڑی وجہ "دلربا" نام کا خوبصورت بنگلہ ہے، جس میں میری کالج کی ساتھی مس نرجس رہتی ہے۔

کالج کے دنوں میں میں نرجس کی کار میں بیٹھ کر اس کے بنگلے تک آتا تھا۔ پھر یہاں سے ہم سرِشام قریب ہی کے ایک تالاب کے کنارے چہل قدمی کرتے۔ بنجارہ ہلز کے خوبصورت نظاروں اور پرسکون فضائل کا پورا پورا لطف اٹھاتے۔ اکثر چاندنی راتوں میں یہاں کی سڑکوں پر کار میں بیٹھ کر تفریح کے لئے نکل جاتے تھے۔ رومانی دنوں میں میں نے عہد کیا تھا کہ اپنا بنگلہ بھی اسی مقام پر بناؤں گا!

اب جبکہ کوئی چار یا پانچ برس بعد میں نے اپنا بنگلہ تعمیر کروالیا ہے۔ "دلربا" کی دلکشی اور بڑھ گئی ہے۔ نرجس اور میرے درمیان دلوں کی قربت کے باوجود جو ظاہری دوری تھی اب وہ اتنی رہ گئی ہے کہ بس درمیان میں ایک سڑک حائل ہے ۔ ایک ایسی جانی پہچانی ، مانوس سڑک جس سے میرے ماضی کی کئی کہانیاں وابستہ ہیں۔

اپنے مکان کے سامنے کچھ فاصلے پر تالاب کے کنارے میں نے اپنے لئے ایک چھوٹی سی لیبارٹری بھی بنالی ہے، جہاں میں اکثر اوقات تجربے کرتا رہتا ہوں۔ کیمیا اور میڈیکل سائنس کی اعلیٰ تعلیم حاصل کرنے کے بعد میں شہر کی ایک بڑی لیبارٹری میں اسکالر ہوں۔ اس کے علاوہ میں نے دوسرے اوقات میں اپنے لئے کام کرنے کے لئے یہ لیبارٹری بنالی ہے۔ اپنی ہی لیبارٹری میں کام کر کے میں نے کئی چھوٹی چھوٹی دوائیں ایجاد کیں

ــــــ ان دنوں میں ایک زہریلی گیس بنانے کی فکر میں ہوں جو دشمن کے خلاف استعمال کی جا سکے

مس نرجس جب کبھی میری تلاش میں میری لیبارٹری میں آجاتی ہے تو ایسا معلوم ہوتا ہے جیسے کوئی بہارِ جانفزا بھولے سے کسی ویرانے کی طرف چلی آئے۔ گلاب کی رنگت والی مس نرجس جب خراماں خراماں اپنے شانوں پر زلفیں بکھیرے خوشبو کی لپٹیں ہواؤں میں لٹاتے ہوئے چپکے سے میرے قریب آجاتی ہے تو میرے ہاتھ کانپ جاتے ہیں اور کوئی ٹیسٹ ٹیوب ہاتھ سے چھوٹ کر گر پڑتی ہے۔ ایک لمحہ کے لئے میں پریشان ہو جاتا ہوں ایسے تجربے کرتے وقت نرجس کا حسن میرے حواس قائم نہیں رکھتا۔ ویسے نرجس میری وہ محبوبہ ہے جسے میں نے ہمیشہ اپنے دل کی گہرائیوں سے چاہا ہے۔ برسہا برس چپکے چپکے اپنے دل میں اس کے حسن کی پرستش کی ہے۔ میں اپنی محبت کو کسی سائنسی تجربے سے ثابت نہیں کر سکتا لیکن ــــــ ایک احساس ہے جو میرے وجود پر چاندنی رات کی طرح چھا رہا ہے، ایک شہد ہے کہ میری روح میں گھلتا ہی جاتا ہے، ایک برف کی ڈلی ہے جو غیر محسوس طور پر آہستہ آہستہ گھلتی جا رہی ہے۔

نرجس کو میں اس لئے بھی چاہتا ہوں کہ وہ حسین ہونے کے ساتھ ساتھ بہت معصوم ہے۔ ہمیشہ میرے دل میں اس کے لئے ہمدردی اور محبت کی ایک ملی جلی کیفیت رہتی ہے نرجس سے جان پہچان ہوئے آج پورے چھ برس ہو گئے ہیں لیکن آج تک اُس نے اپنی محبت کا اظہار لفظوں میں نہیں کیا۔ مجھ سے ملنے کسی بھی وقت میری تجربہ گاہ میں آجانا اپنی ہر بات کا مجھ سے ذکر کرنا اور چاندنی

راتوں میں میرے ساتھ بنجارہ ہلز کی سڑکوں پر گھومنا پھرنا محبت نہیں تو اور کیا ہے؟

مس نرجس کے خدوخال قدیم مصری اور یونانی کہانیوں کی حسین ترین شہزادیوں کی طرح ہیں۔ اُس کی نیلی آنکھوں میں جیسے سات سمندروں کی گہرائی ہے۔ گال بحیرۂ روم کے سیب سے زیادہ حسین ہیں۔ ناک کسی مصوّر کے تصور سے زیادہ خوبصورت اور دانت جیسے آبدار موتی ہے۔ وہ چلتی ہے تو ایسا معلوم ہوتا ہے جیسے وقت چل رہا ہے، تاریخ چل رہی ہے، آہستہ.... آہستہ ـــ بالکل غیر محسوس لیکن جب فاصلے طے ہوجاتے ہیں تو محسوس ہوتا ہے کہ وقت گزر گیا، تاریخ آگے بڑھ گئی ہیں اس کے حُسن کے بارے میں کوئی مبالغہ سے کام نہیں لے رہا ہوں۔ میں تو سائنس سے زیادہ واضح حقیقت بیان کر رہا ہوں۔

نرجس کو یہ حُسن اپنی ماں سے ورثہ میں ملا ہے۔اس کی ادھیڑ عمر کی ماں آج بھی کمر سے اوپر کسے ہوئے بلاوز اور لپٹی ہوئی تنگ ساڑی میں جوان معلوم ہوتی ہے چہرے پر جوانی کے زمانے کی کشش آج بھی موجود ہے۔ اس کے بھرے بھرے رخساروں کو دیکھ کر کوئی یہ نہیں کہہ سکتا کہ وہ چالیس برس کی ہے۔ چلتے وقت کولہوں کی بے ہنگم حرکت سے وہ کچھ معمّر ضرور معلوم ہوتی ہے۔ ماں جس قدر میک اپ پر جان دیتی ہے۔ بیٹی اتنی ہی سادہ اور فطری حالت میں رہنا پسند کرتی ہے۔ ظاہری چمک دمک سے قطع نظر نرجس کی طرح اس کی ماں بھی بہت خوش اخلاق اور ملنسار ہے جب کبھی میں نرجس سے ملنے " دل ربا" جاتا ہوں تو نرجس کی ماں بھی ضرور مجھ سے ملنے آتی ہے۔ اِدھر اُدھر کی باتیں کرتی ہے اور اگر کسی دن نرجس گھر پر موجود نہ ہو تو میرے لئے چائے بنانے سے لیکر " دلربا" کے خوبصورت باغیچے سے گلاب کے

پھول لا کر دینے کا کام بھی خود کرتی ہے۔ اس کے گلابی ہاتھوں سے گلاب کے پھول لیتے ہوئے میں دل ہی دل میں یہ سوچ کر خوش ہوتا ہوں کہ نرجس کی ماں بھی مجھے کتنا پسند کرتی ہے۔

اُدھر کچھ دنوں سے میں تجربے میں اتنا مصروف رہا کہ پورا ایک ہفتہ نرجس سے مل نہ سکا۔ مجھے یہ بھی یاد نہ رہا کہ پونم کب ہے اور باہر کیسی چاندنی ہے۔ میں آفس سے آ کر شام ہی سے اپنی لیبارٹری میں بند ہو جاتا۔ مختلف گیسوں کی بُو میرے دماغ میں بس جاتی۔ میرے اطراف شیشے کی بوتلیں ہوتیں، ہاتھ میں تھرمامیٹر اور میری نظریں اپنے تجربے ہی پر جمی رہتیں۔

ایک دن شام کو اسی طرح میں اپنی لیبارٹری میں کام کر رہا تھا۔ یکبارگی اُن گیسوں کی تکلیف دہ بو میں سے خوشبو کا ایک جھونکا آیا۔ کسی کے قدموں کی چاپ سنائی دی۔ میں نے جو پلٹ کر دیکھا تو میرے پاس نرجس سفید لباس میں کھڑی مسکرا رہی تھی۔ مجھے ایسا محسوس ہوا جیسے تاج محل چل کر خود میرے پاس آ گیا ہے۔

"آج کل اتنے مصروف ہیں آپ؟" نرجس نے کہا۔

میں نے جواباً انکساری سے مسکرا دیا اور جلتے ہوئے بنسن شعلے کو بجھا کر، تھرما میٹر میز پر رکھ دیا۔

"اور آپ کی کیا مصروفیت رہی ان دنوں؟ میں نے سوال کیا۔

"میری کیا مصروفیت رہتی! آسمان کے تارے تو عرصہ ہوا پورے گن چکی ہوں۔ اب کوئی نیا چاند بنانے کی سوچ رہی ہوں!"

"نہ نہ نہ —— ایسا نہ کرنا نہئے چاند میں روشنی نہ ملے گی" میں نے کہا۔

"اگر پرانا چاند مدھم پڑ جائے تو؟" نرجس نے پوچھا۔

"پونم کے دن تو اُس کا پورا روپ دیکھ سکتی ہو نا! میں نے کہا۔

"آج ہی تو پونم ہے!" نرجس بولی۔

"میں بھی کتنا غائب دماغ ہوں اپنے تجربوں میں اتنا کھو گیا کہ مجھے باہر کی دنیا کی کچھ خبر نہیں۔ چلو نرجس باہر چلیں۔ چاندنی میں گھومیں پھریں۔ ٹھنڈی سبک رو ہواؤں اور رات کی رانی کے پھولوں کی مہک میں کھو جائیں"۔ میں نے کہا۔

چاندنی، ہوا، پھول اور خوشبو کی باتیں یہاں آپ کی زبان سے لیبارٹری میں اچھی نہیں معلوم ہوتیں۔ آپ کی زہریلی گیس سے تو یہ سب چیزیں ختم ہو جائیں گی۔ تعجب ہے آپ ایک طرف تو حسن کی بربادی کے سامان تیار کر رہے ہیں اور دوسری طرف حسن اور دلکشی پر جان بھی دیتے ہیں۔ نرجس بولی۔

"نرجس! تم آج اتنے سنجیدہ موڈ میں کیوں ہو؟ میں نے پوچھا۔

"میں سنجیدہ موڈ میں نہیں ہوں۔ یہاں کے ماحول نے مجھے سنجیدہ بنا دیا ہے۔ کاش آپ اِن دواؤں اور مرکبات کے انبار سے علاجِ دردِ دل بھی کر سکتے! فضاؤں کو زہریلی بنانے کی بجائے انھیں زندگی سے مالا مال کر دیتے۔ آپ کی طبیعت کا تضاد میری سمجھ میں نہیں آتا"

"نرجس ہر انسان کسی نہ کسی حد تک حسن کا دلدادہ ہوتا ہے۔ چاہے وہ اپنا زیادہ تر وقت کسی اور کام میں صرف کرتا ہو۔ ایک بار تو اس کی نظر صبح کے تارے، شفق کی سرخی، سمندر کے کنارے، چاند ستاروں، حسین لب و

رُخسار پر پڑجاتی ہے اور وہ اس حقیقت سے انکار نہیں کرتا کہ یہ سب چیزیں خاموشی کی زبان میں اُس سے کچھ سرگوشیاں کرتی ہیں۔ایک سائنس داں کے جذبات بھی تو ایک عام انسان کی طرح ہوتے ہیں۔" میں نے کہا۔

"آپ چاہے حُسن کے کتنے ہی شیدائی ہوں لیکن مجھے حُسن کی تباہی پسند نہیں۔" نرجس بولی۔

" چلو نرجس باہر چلیں۔یہاں اس ماحول میں گفتگو بھی واقعی سنجیدہ ہو رہی ہے۔" یہ کہہ کر میں نے جب نرجس کی کلائی اپنے ہاتھ میں لی تو گرم انگارے جیسی تھی۔

"اف نرجس! تمہیں تو سخت بخار ہے!! اتنے بخار میں تم باہر کیوں نکل آئیں؟ مجھے ہی بلا لیا ہوتا۔" میں نے کہا۔

"بخار— ؟ مجھے تو بخار نہیں —— ! میں تو صبح سے اچھی بھلی۔" نرجس نے کہا۔

میں نرجس کو چھوڑنے "دلرُبا" تک گیا تو چاندنی ہونے کے باوجود دل ایک ٹھنڈی آگ میں جل رہا تھا۔ایک کسک تھی، پشیمانی تھی اور افسوس و ہمدردی بھی۔ اتنے تیز بخار میں بھی نرجس میرے لئے بے چین ہے اور ایک میں ہوں جو اپنے ہی اطراف چلنے والی ہوا سے بے خبر ہوں!

جب میں نرجس کو لے "دلربا" پہنچا تو اُس کی ماں پہلے ہی سے برانڈے میں ٹہل رہی تھی۔ہم لوگوں کو دیکھتے ہی وہ برہم ہو کر سیڑھیاں اُترنے لگی۔

ٹائیفائڈ کی حالت میں باہر نکل پڑی۔پگلی ہے۔اسے اپنی صحت کا

خیال نہیں۔" نرجس کی ماں غصّہ سے کہہ رہی تھی۔

میں اور کچھ دیر کے لئے "دلربا" ٹھہر جاتا لیکن اس کی ماں کے تیور بتا رہے تھے کہ وہ جیسے مجھ سے بھی نالاں ہے اسی لئے مجھے مجبوراً وہاں سے لوٹ آنا پڑا۔

اُس دن کے بعد جب کبھی میں سرِ شام "دلربا" کے گیٹ میں قدم رکھتا ہوں نوکر بتاتے ہیں کہ نرجس کو بخار ہے اور وہ سو رہی ہے۔ ڈاکٹر نے اسے مکمل آرام کا مشورہ دیا ہے۔ میری سمجھ میں کچھ نہیں آتا کہ آخر مجھے اُس سے کیوں ملنے نہیں دیا جا رہا ہے۔ میں نے انتہائی ضبط سے کام لے کر یہ تہیہ کر لیا کہ اب کبھی اس طرف کا رخ نہ کروں گا۔ میں نے اپنے ذہن کو طرح طرح کے وسوسوں سے دُور رکھنے کے لئے اپنے آپ کو تجربوں میں زیادہ منہمک کر لیا۔ رات کو دیر تک لیبارٹری میں تجربے کرتا رہتا۔ پھر بھی دل بہت بے چین ہو جاتا تو گھر آکر اپنے کمرے کی مغربی کھڑکی کھول لیتا۔ مجھے "دلربا" کی بالائی منزل کا کمرہ جس میں نرجس رہتی ہے" روشن نظر آتا۔ اس روشنی ہی کو دیکھ کر دل کو ایک سکون ملتا۔ وہ روشنی مجھے چاندنی سے زیادہ ٹھنڈک پہنچاتی۔

ایک دن میں اپنی لیبارٹری میں حسبِ معمول تجربہ میں مصروف تھا۔ رات کے کوئی نو بجے تھے۔ ان گیسوں کی تیز بو کے درمیان اچانک خوشبو کا ایک جھونکا آیا اور میرے پیچھے ہی کسی کے قدموں کی چاپ سنائی دی۔ میرے ہاتھ سے ٹیسٹ ٹیوب چھوٹ گئی اور تھرمامیٹر نیچے فرش پر گر کر چکنا چور ہو گیا اور میں نے بجلی

کی سی سُرعت سے پلٹ کر دیکھا میں چند لمحے دیکھتا ہی رہا اور پھر میرا سر چکرا گیا۔ میرے سامنے نرجس کی ماں کھڑی تھی ــــ بالکل نرجس کے لباس میں ــــ وہی خوشبو، وہی مہک، وہی سفید ساڑی ــــ وہ ہمیشہ کی طرح اپنے میک اپ میں بہت خوبصورت معلوم ہو رہی تھی۔ اس کے جوڑے میں گلاب کے سرخ پھول لگے ہوئے تھے۔ ہاتھ میں بھی گلاب کے پھول تھے جو شاید وہ میرے لئے لائی تھی۔

"آپ؟" میرے منہ سے بے ساختہ نکلا۔ "یونہی آپ کی لیباریٹری دیکھنے آگئی۔ سُنا ہے بہت تجربے کر رہے ہیں۔ ان دنوں" اس نے کہا۔

"جی بہت تو نہیں، البتہ ایک ہی تجربے میں کئی روز سے مصروف ہوں۔" میں نے فرمانبرداری سے کہا۔

وہ اپنے موٹے موٹے کولہے مٹکاتی ہوئی میری لیباریٹری کا جائزہ لینے لگی۔

"اُف کتنی دوائیں، کتنے شیشے! کیسے کیسے آلات ہیں یہاں۔ گیسوں کی بو سے تو ناک پھٹی پڑتی ہے۔ آپ کو بے چینی نہیں ہوتی یہاں؟" وہ پوچھنے لگی۔

"اگر میں بے چینی محسوس کرنے لگوں تو ایک دن یہاں کام نہ کر سکوں۔" میں نے کہا۔

چند لمحے خاموشی رہی۔ پھر میں نے خاموشی توڑی۔

"نرجس کی صحت کیسی ہے؟ اِن دنوں طبیعت تو اچھی ہے نا اس کی؟"

"بخار تو اب کم ہو گیا ہے البتہ کمزوری کی وجہ سے ڈاکٹر نے اُسے ابھی چند دنوں تک مکمل آرام کا مشورہ دیا ہے۔" نرجس کی ماں نے بہت سنجیدگی سے

ایک سرد آہ بھر کر کہا۔

میں نے اُس کے جملے کے آخری حصّہ کا لہجہ سُن کر اندازہ لگایا کہ ابھی اور کچھ دنوں تک میرے لئے اس کا دروازہ بند رہے گا۔ میں بھی ایکدم سرد پڑ گیا۔ ہونٹ خشک ہو گئے۔

ٹہلتے ٹہلتے وہ میرے قریب آئی۔ میری طرف گلاب کا ایک پھول بڑھاتے ہوئے کہنے لگی۔

" کیا آپ کسی تجربہ سے اِس کا رنگ اڑا سکتے ہیں ؟ "

میں مُسکرا دیا۔" یہ تو بہت معمولی بات ہے۔ سائینس تو اس سے بھی بڑے تجربے کر سکتی ہے ——— لائیے اسے۔" یہ کہہ کر میں نے گلاب کے پھول کو ایک استوانے میں ڈالا اور اُس میں کلورین گیس گزاری۔ چند ہی لمحوں میں اُس کا رنگ غائب ہو چکا تھا۔

حیرت سے نرجس کی ماں کی آنکھیں پھیل گئیں۔

" کیا آپ اِس کا رنگ کسی دوسری گیس سے لوٹا سکتے ہیں؟" اس نے مجھ سے سوال کیا۔

اب اس سوال سے میری آنکھیں کُھلی کی کُھلی رہ گئیں۔ میرے پاس کوئی جواب نہ تھا۔ میں کچھ پریشان سا ہو گیا۔ لیکن اُس کے لبوں پر ہلکا سا تبسّم تھا کچھ ویسا ہی جیسا نرجس کے لبوں پر ہوتا ہے۔ آنکھوں میں ویسی ہی مستی اور شوخی تھی جیسی نرجس کی آنکھوں میں ہوتی ہے۔ وہ میرے اور قریب آ گئی۔

" چلو باہر چلیں۔ یہاں تو دماغ چکرا رہا ہے۔" اُس نے کہا۔

ہم دونوں باہر آکر ورانڈے میں کھڑے ہو گئے ۔ اتفاق سے اس رات بھی چاندنی تھی۔ اُس نے اپنے جوڑے سے گلاب کا پھول نکالا اور مجھے دیتے ہوئے کہنے لگی۔

"سونگھو!"

میں نے اُسے سونگھا۔

"اِسے سونگھو!" اُس نے اپنے ہاتھ کے پھول کو دیتے ہوئے کہا۔

میں نے زیادہ گہری سانس سے اُسے بھی سونگھا۔ مجھے اُن میں نرجس کی مہک آرہی تھی۔

"دونوں میں کیا فرق ہے؟" اس نے سوال کیا۔

"دونوں گلاب کے پھول ہیں ایک جیسی خوشبو ہے دونوں میں" میں نے کہا۔

"حالانکہ دونوں الگ الگ پودوں سے توڑے گئے ہیں" اس نے کہا۔

پودے الگ الگ ہی کیوں نہ ہوں ۔ پھولوں میں تو ایک ہی خوشبو رہے گی"

میں نے بچوں کے سے بے ساختہ پن سے کہا۔ اس نے یہ سن کر ایک قہقہہ لگایا۔ فضا میں نُقرئی گھنٹیاں سی بجنے لگیں۔ اس کے گال سرخ انگارے جیسے ہو گئے تھے ۔ آنکھوں سے مستی اور شوخی کی چنگاریاں نکل رہی ہیں تھیں ۔ ہونٹ گلاب کی پنکھڑیوں کی طرح کانپ رہے تھے اور ہنسی کے مارے جسم ربر کی طرح لچک رہا تھا۔

"آپ ٹھیک کہتے ہیں۔ آپ ٹھیک کہتے ہیں" اس نے ہنسی ضبط کرتے ہوئے کہا اور اتر کر نیچے جانے لگی۔

میری سمجھ میں کچھ نہیں آرہا تھا۔ میں اس کی پیچ دار باتوں کو سمجھ ہی نہ سکا۔

میرا دماغ چکرا رہا تھا۔ اس نے کچھ اور نہ کہا، چلی گئی ـــــ آخر وہ کیا کہنے آئی تھی؟ کیا وہ مجھ سے صرف یہی جملہ سننا چاہتی تھی؟ رہ رہ کر میرے ذہن میں اپنا ہی جملہ گونج رہا تھا۔ "پودے چاہے الگ الگ گملوں نہ ہوں، پھولوں میں تو ایک ہی خوشبو رہے گی۔ ایک ہی خوشبو رہے گی ـــ ایک ہی ـــ خوشبو ـــ رہے گی۔۔۔"

اس واقعہ کے بعد بہت دنوں تک مجھے ذہنی سکون نہ ملا۔ رہ رہ کر کبھی میرے خیالوں میں نرجس کے خد و خال ابھرتے تو کبھی اس کی ماں کے اس رات والے جملے گونجتے۔ لیبارٹری میں بھی مجھے ایک پل سکون نہ ملتا۔ اپنی روح کی اس بےقراری کو دُور کرنے کے لئے میں نے کچھ دنوں کے لئے بنجارہ ہلز سے دُور چلے جانے کا فیصلہ کیا۔ وہ بھی ایک اتفاق تھا کہ ان دنوں دہلی میں سائنس دانوں کی ایک کانفرنس ہونے والی تھی میں نے موقع غنیمت جان کر کانفرنس میں شرکت کی غرض سے نکل گیا۔

کوئی دو ہفتہ بعد گھر لوٹا تو پہلے میں نے اپنی کار "دلربا" کے گیٹ پر روکی بنگلہ اُسی شان اور خوبصورتی سے کھڑا تھا۔ وہاں کا پتہ پتہ اور بوٹا بوٹا جیسے مجھ سے محوِ تکلم تھا۔ انگور کی بیل نے اپنی بانہیں مجھے دیکھ کر اور پھیلا دی تھیں۔ درمیانی حوض میں کھڑی ہوئی سنگ مرمر کی مورت جیسے میرے استقبال کے لئے اور جھک گئی تھی۔ وہاں اُتر کر میں سیدھا نرجس کے کمرے کی طرف گیا۔ اُس کے کمرے میں جا کر دیکھا تو وہ ایک صوفے پر نیم دراز حالت میں لیٹی تھی۔ اُس کی آنکھیں بند تھیں۔ بال کھلے ہوئے تھے لیٹے لیٹے شاید اس کی آنکھ لگ گئی تھی۔ ہوا کے جھونکوں سے ریشمی پردوں کے ساتھ اس کے بال بھی لہرا رہے تھے نیند میں وہ خود ایک حسین خواب معلوم ہو رہی

تھی کسی شاخ پر کی وہ کلی جو خود اپنے آس پاس اور مستقبل سے واقف نہ ہو۔

نرجس !ــــ میری نرجس !! میں نے اُس کے سرہانے جاکر آہستہ سے کہا۔

اس نے ایکدم آنکھیں کھول دیں اور اٹھ بیٹھی۔

" کون ؟؟ سراج !! اس کے لبوں سے بے ساختہ نکلا اور وہ اٹھ کر سنبھلتے ہوئے کمرے سے باہر جانے لگی۔ میں بھی اس کے پیچھے پیچھے جانے لگا۔

"آپ اب بھی کیوں آئے ؟" نرجس کی آواز رندھی ہوئی تھی۔ اس کے اس جملے میں سیکڑوں شکوے تھے، ہزاروں شکایتیں تھیں۔ اپنے پن کا ایک احساس تھا۔

نرجس میں تمہاری علالت کے دنوں میں روز آتا تھا لیکن مجھے تم سے ملنے نہ دیا گیا۔ ہر بار بتایا گیا کہ تم سو رہی ہو اور تمہیں سخت آرام کی ضرورت ہے۔" میں نے کہا۔

"اسی آرام کی بدولت آج تم میری یہ حالت دیکھ رہے ہو نا۔" نرجس نے کہا۔

سچ مچ وہ ایک سوکھا ہوا پتہ معلوم ہو رہی تھی۔ کہاں وہ مجسم بہار اور کہاں یہ خزاں رسیدہ جسم، کتنی تبدیلی آ گئی تھی نرجس میں۔ اس کی حالت دیکھ کر میری روح لرز گئی۔ ایک ندامت اور افسوس کے جذبے کے تحت میرا دل ڈوبنے لگا۔

" جلد ہی تم بالکل اچھی ہو جاؤ گی۔ نرجس !" میں نے اُس کی ہمت بندھائی۔ اسے حوصلہ دیا۔

" ممی بھی ہر روز یہی کہتی ہیں۔ ڈاکٹر بھی یہی کہتا ہے۔ لیکن مجھ کوئی اُمید نہیں۔" نرجس کی آنکھوں میں آنسو آنے لگے۔

" مایوس مت ہو نرجس۔ مایوس مت ہو۔" میں نے کہا۔

" بیماری ہی ایسی ہے۔ میں کیا کروں۔" اُس نے کہا۔

"بیماری تو ختم ہو چکی ہے۔ اب صرف کمزوری ہے۔ وہ بھی دُور ہو جائے گی" میں نے کہا۔

"نہیں!۔۔۔ نہیں!!! تم نہیں جانتے سراج!" اس کا گلا رُندھ گیا۔ اس کی آواز حلق ہی میں پھنس کر رہ گئی۔

"یہ کیا ہو رہا ہے نرجس؟ اچانک اس کی ماں کی آواز آئی جو شاید اسی وقت گھر آئی تھی۔

چند لمحوں بعد وہ تیز تیز قدموں سے چلتی ہوئی نرجس کے کمرے میں آ گئی۔ اس کے ہوش اُڑے ہوئے تھے۔

تم نے اپنی طبیعت پر ایسا ہی اثر لیا تو تمہاری صحت بگڑ جائے گی۔ چلو بستر پر لیٹ جاؤ۔" نرجس کی ماں نے کہا۔ باتیں کرنے سے بھی تمہاری صحت خراب ہو سکتی ہے۔" بظاہر وہ نرجس سے مخاطب تھی لیکن اس کا روئے سخن میری طرف تھا۔

"واقعی انہیں آرام کی ضرورت ہے" میں نے کہا۔ اور جانے کی اجازت چاہی۔

اُس کے کمرے سے باہر نکل کر جاتے وقت میں نے دیکھا نوکروں کے چہروں پر رازداری کی ایک کیفیت ہے۔ سب کے چہرے سہمے ہوئے اور پُراسرار تھے۔ میں اس معمّہ کو سمجھ نہ سکا۔ بیماری سے پہلے نرجس کی ماں کا رویّہ کچھ اور تھا، لیکن اب کچھ اور ہے۔ میں جاتے ہوئے سوچ رہا تھا۔

مجھے نرجس کی ماں کے بدلے ہوئے تیور . کا اتنا رنج ہوا کہ میں نے پھر ایک

بار "دلربا" کا رخ نہ کرنے کی ٹھان لی۔ اسی کشمکش کے عالم میں کوئی دو ہفتے گزر گئے۔

ایک دن سرِ شام میں اپنے کمرے میں بہت مایوس لیٹا تھا۔ زینہ پر کسی کے قدموں کی چاپ سنائی دی اور پھر یکا یک ایک مانوس خوشبو سے میرا کمرہ مہک اٹھا۔ دروازے کی چوکھٹ پر نرجس کھڑی تھی! ایک لمحہ کے لئے مجھے یقین نہ آیا۔ میرے منہ سے معاً ایک آواز نکلی۔

"نرجس!۔۔۔ نرجس؟!! اندر آؤ۔ میں اپنی جگہ سے اچھل پڑا اور پھر میری نگاہیں جم کر رہ گئیں۔ وہ خراماں خراماں میری طرف بڑھنے لگی۔ اس کی صحت اب پہلے سے کئی گنا بہتر تھی۔ چہرے پر گلاب کی سی تازگی تھی لیکن آنکھوں میں وہ پہلی سی چمک نہ تھی۔ شاید بیماری کا اثر ہو۔ نرجس مجھے تمہاری صحت یابی کی خبر ملتی تو پھولوں کے ڈھیر لئے تمہارے پاس پہنچ جاتا" میں نے کہا۔

"آج تو تمھیں معلوم ہو گیا ہے نا!" اُس نے کہا۔

"چلو نرجس! ہم یہاں سے بہت دُور نکل جائیں گے۔ فضائیں تمہاری خوشبو کے لئے کب سے ترس گئی ہیں۔ نظّارے تمہیں دیکھنے کے لئے کب سے بے چین ہیں۔ چلو میرے ساتھ"۔۔۔۔۔ میں نے کہا۔

پھر کچھ دیر بعد ہماری کار بنجارہ ہلز کی بلند سڑکوں پر سُبک رفتاری سے دوڑ رہی تھی۔ کتنے دنوں بعد آج نرجس میرے ساتھ باہر نکلی تھی۔ میرا دل زور زور سے دھڑک رہا تھا۔ تالاب کے کنارے موٹر روک کر ہم ہریالی پر چہل قدمی کرتے ہوئے جانے لگے۔

"آج کی شام کتنے دنوں کے بعد آئی ہے۔ جی چاہتا ہے اِس شام کو ایک یادگار

شام بناؤں۔" میں نے کہا۔

جواب میں نرجس مسکرائی لیکن اُس کی مسکراہٹ میں ایک بوجھل پن تھا، جس کا شاید اسے کوئی علم نہ تھا۔

" میرا بھی جی چاہتا ہے ان لمحوں کو قید کرلوں۔ شفق اسی طرح مسکراتی رہے۔ ہوائیں یوں ہی چلتی رہیں اور یہ شام کبھی نہ ڈھلے!" نرجس نے کہا۔

"کتنی معصوم تمنّا ہے تمہاری!" میں نے اُس کی آنکھوں میں جھانک کر دیکھا۔

یکبارگی وہ لڑکھڑانے لگی۔ میرے ہاتھ میں اُس کے ہاتھ کی گرفت ڈھیلی پڑ گئی اور وہ دفعتاً نیچے گر پڑی۔ اُس کی آنکھوں کی پتلیاں عجیب طرح ایک ہی طرف حرکت کرنے لگیں۔ منہ بُری طرح کُھل گیا اور کف جانے لگا۔ ہاتھ پاؤں ایک جھٹکے کے ساتھ اکڑنے لگے۔

میرے پیروں تلے سے زمین نکل گئی۔ میں نے فوراً اُسے ہریالی پر سے اُٹھایا۔ دو تین لمحوں تک اُسے کچھ ہوش نہ تھا۔ پھر وہ اپنے منہ سے تھوک کو صاف کر کے سنبھلنے لگی۔ میرا دماغ چکرا رہا تھا۔

"نرجس!—— نرجس!! یہ تمہیں کیا ہو گیا تھا۔" میں نے انتہائی پریشانی میں پوچھا۔ وہ دیوانوں کی طرح مجھے دیکھنے لگی۔ شاید ابھی تک اس پر غشی طاری تھی۔

"نرجس! چلو اُٹھو۔ تمہاری طبیعت خراب ہو گئی ہے۔" میں نے سہارا دیکر اُسے اُٹھایا۔

"میری طبیعت تو ٹھیک ہے سراج! ممّی یہی کہتی ہیں۔ ڈاکٹر بھی یہی کہتا ہے۔ کچھ نہیں ہوا ہے۔" نرجس بولنے لگی۔ شاید اُسے چند منٹ پہلے کی کیفیت کا کچھ خیال

نہ دہا تھا۔

میں سہارا دے کر نرجس کو اپنی کار تک لایا۔ اُسے پچھلی نشست پر لٹا کر خود کار چلانے لگا۔

اُس وقت مجھے خود اپنا ہوش نہ تھا ـــ میری روح کی گہرائیوں میں گنتے شیشے کے محل ٹوٹ کر چکنا چور ہو چکے تھے!! کتنی کلیاں جیسے جل کر راکھ ہو گئی تھیں تارے پھوٹ پھوٹ کر رونے لگے اور چاند سِسک سِسک کر دم توڑنے لگا تھا ـــ! میرے خیالوں میں حسن کا ہر روپ جل کر خاکستر ہو چکا تھا۔ خوابوں کی دھجیاں اڑ گئی تھیں تو دامنِ خیال تار تار تھا۔ میری آنکھوں میں اب تک نرجس کے تڑپنے کا وہی نقشہ تھا۔ میری آنکھوں میں پھول کو تڑپتے دیکھنے کی تاب کہاں سے آئی۔ میرے دل میں ایک سوئی سی چبھ رہی تھی۔ ذہن میں کتنے ہی سوالات اُبھر رہے تھے۔ چاند میں داغ کیوں ہیں؟ مور کے پاؤں بدصورت کیوں ہوتے ہیں؟؟ کلیوں کی عمر مختصر کیوں ہے؟ حُسن کے ساتھ یہ کیسا المیہ ہے؟ یہ کیسا المیہ ہے؟؟؟ میرا ذہن ماؤف ہو چکا تھا۔ غیر اختیاری طور پر میں اپنے ہاتھوں میں اسٹیرنگ تھامے ہوئے تھا اور کچھ دیر بعد میری کار "دلرُبا" کے احاطے میں داخل ہو چکی تھی۔

"کتنی یادگار شام تھی۔!" نرجس بولی کیونکہ اُسے اپنے دورے کا کچھ علم نہ تھا۔ لیکن میرے ذہن میں پھر وہ منظر اُبھر آیا۔

"ہاں!" میری آواز بھرّائی ہوئی تھی۔

کار سے اتر کر میں نرجس کا ہاتھ تھامے اُوپر لے جانے لگا۔ اندر پہنچ کر میں نے اس کی ماں کو بتایا کہ کس طرح اس کی طبیعت خراب ہو گئی تھی۔

"مجھے اندازہ تھا میرے منع کرنے پر بھی وہ نکل پڑی، بے وقوف!" نرجس کی ماں نے کہا۔

"کیا آپ کو نرجس کی حالت کا علم تھا؟" میں نے سوال کیا۔

"ہاں! ٹائیفائیڈ کے بعد اُسے اکثر ایسے دورے آیا کرتے ہیں۔ اسے تو گھر پر آرام کرنا چاہیئے۔ سراج میاں! دیکھ لی نا آپ نے نرجس کی حالت! کیا آپ اسے اکثر اسی حالت میں دیکھنا پسند کریں گے؟"

"میں نے آپ کا مطلب نہیں سمجھا۔" میں نے کہا۔

"اُس روز آپ کے جانے کے بعد بھی اُسے ایسا ہی دورہ پڑا تھا۔ اگر آپ اُسی دن اُس کی حالت دیکھ لیتے تو شاید آپ اپنے تجربے بھول جاتے اور پھر کبھی اِس گھر کا رُخ نہ کرتے۔" نرجس کی ماں نے کہا۔

"جی نہیں۔ آپ مجھے غلط سمجھ رہی ہیں۔ اس میں نرجس کا کیا قصور ہے؟ میں نے کہا۔

"قصور کسی کا بھی نہیں۔ نہ تدبیر کا اور نہ تقدیر کا بلکہ قصور اُن بدنصیب کلیوں کا ہے جو اپنے انجام سے واقف نہیں ہوتیں اور پھر قصور اُس کا بھی نہیں جو شاخ پر مسکراتی ہوئی کلیاں توڑ لیتا ہے۔ لیکن شاخ سے ٹوٹی ہوئی مرجھائی کلی کو ہاتھ تک نہیں لگاتا۔" نرجس کی ماں نے کہا۔

"یہ اپنی اپنی ذہنیت ہے۔ ہر انسان کو ایک ہی کسوٹی پر نہیں پرکھا جا سکتا۔ میں نے کہا۔

"ہو سکتا ہے، ہو سکتا ہے۔" یہ کہتے ہوئے نرجس کی ماں اندر چلی گئی۔

کیونکہ ٹیلیفون کی گھنٹی بجنے لگی تھی۔ اتنے میں نرجس آکر میرے سامنے صوفے پر بیٹھ گئی۔ وہ بظاہر خوش تھی۔ لیکن اُس کی نگاہوں میں پشیمانی اور افسردگی کی جھلک تھی۔ میں اُن آنکھوں کو جن میں ہمیشہ حُسن کی مستیاں ہوتیں، محبت کا نشہ ہوتا اس قدر شرمندہ نہ دیکھ سکتا تھا اُن نگاہوں کی تمکنت، بے نیازی اور مستی تو میرا سرمایہ تھی اور میں اِس سرمایہ کو اپنی نگاہوں کے سامنے یوں بے ثمر مسمار نہ دیکھ سکتا تھا۔

"اب ایک لمحہ بھی میں تم سے غافل نہیں رہ سکتا!" میں نے فیصلہ کن لہجہ میں کہا۔

"پھر کیا کریں گے آپ؟" نرجس نے زیرِ لب مُسکرا کر پوچھا۔

"یہ تمھیں چند ہی دنوں میں معلوم ہو جائے گا" میں نے نرجس سے کہا اور وہاں سے لوٹ آیا اور پھر چند دنوں بعد میں نے اپنی لیباریٹری سے وہ تمام اشیا نکال پھینکیں جو میں نے زہریلی گیس کی تیاری کے لئے جمع کی تھیں۔ میں اُن دنوں نرجس کے دورروں کا علاج دریافت کرنے کے مختلف تجربے کر رہا تھا۔ میری روح کو ایسا سکون حاصل تھا جو چاند پر پہونچ کر بھی مجھے حاصل نہ ہو سکتا تھا کیونکہ میری ارضی جنت اب میرے پاس تھی!!

اُس دن کے بعد سے مجھے ایسا معلوم ہوا جیسے "دلربا" کی ساری خوبصورتی سمٹ کر میرے گھر اور میرے کمرے میں آگئی ہے!! اور پھر مجھے اپنے بنگلے کی مغربی کھڑکی کھولنے کی ضرورت محسوس نہ ہوئی۔ ——— ●●

بوند کی پیاس

ہماری زمینوں پر سُورج طلوع ہوا تو دیواروں کے سایوں کے ساتھ میرے کاموں کی فہرست بھی دراز ہو گئی۔ بہت سے کام رنگوں کے دائرے بن کر ایک دوسرے میں مدغم ہونے لگے ...... اُن رنگوں کے وجود کو الگ الگ قبول کرنے کا احساس شاید کُند ہونے لگا تھا۔ لیکن احساس کے کند ہونے کا احساس بھی تو ایک حِس ہے۔ جس کی یہ صورت کبھی اپنے بچّے کی شکل میں مجھ سے اپنے لئے دُودھ کا ڈبّہ مانگتی ہے اور کبھی ماں کا رُوپ بن کر میرے وجود کی چار دیواری میں لحظہ لحظہ کھانستی ہے۔ اُس کی کھانسی کی آواز کو میں خون کے دھبّوں کی شکل میں اُن دیواروں پر دیکھ رہا ہوں۔ اُس آواز کی گونج اپنے لئے زندگی کا مطالبہ کرتی ہے پھر یہی آواز میرا ہاتھ پکڑ کر دوا کی تلاش کے لئے مجھے سڑکوں کے گنجان جنگل میں چھوڑ دیتی ہے۔

سو یا تھا تو خوش تھا کہ مجھے اپنا بھی ہوش نہیں۔ لیکن جاگ پڑا تو سارا سحر

ٹوٹ گیا۔ مکان کے وسیع آنگن میں دکھائی دیتی ہوئیں ادھورے مکان کی بنیادیں کہتی ہیں۔

"ہمارے لئے اینٹ لاؤ"

پیٹ کی آگ اپنے لئے ایندھن مانگ رہی ہے تاکہ وہاں راکھ کی ڈھیر جمع ہو سکے۔ تاکہ ازل سے جلنے والے چولھے ابد تک "اور چاہئے" "اور چاہئے" پکار رہیں۔ میں تو ایک بہت بڑی غیر مرئی آگ کا مرئی ایندھن ہوں۔ میرا سلسلہ بڑا دراز ہے۔

اور میں اس ایندھن کو ڈھونڈنے آج کا تازہ اخبار اٹھا کر اس کی سُرخیاں پڑھنا شروع کر دیتا ہوں تاکہ میرے مسئلہ کا کوئی حل مجھے دکھائی دے۔ مسائل کے حل ڈھونڈنے کا فن تو میں نے شہروں میں آ کے سیکھا ہے۔ اخبار کے کسی اشتہار پر میری نظریں رُک جاتی ہیں۔ کوئی ننگی ٹانگیں مجھے اپنے ساتھ آج سے نکال کر کل تک لیجاتی ہیں اور میں جھلّا کر اپنی بیوی کے بدن میں ڈوب جاتا ہوں ـــــــ کتنے آج اور کتنے کل میں بدن کی تہوں میں ڈوبتا رہا ہوں لیکن میرا مسئلہ کبھی ختم نہیں ہوتا۔ خون کے دھبّوں میں میری ماں کی تصویر ڈوب رہی ہے۔ ضرورت، اس کے دریچوں سے دودھ کے قطرے بتلا رہی ہے۔

دفتر سے دواؤں کی دکان تک درمیان میں بہت سے راستے ملتے ہیں۔ بے شمار عمارتیں اور ان گنت گلیاں ہیں۔ سیکڑوں لوگ اور ہزاروں نگاہیں ہیں۔ ان سب سے بچ کر مجھے دوا کی دکان تک جانا ہے۔

میں نے کہا نا کہ راستے میں بہت سی پیچیدہ گلیاں ملتی ہیں! ۔ کسی ایک گلی کی

ہوٹل نے مجھے اندر بُلا لیا ہے اس ہوٹل کی بانہیں بہت لمبی ہیں ـــــ وہ پھیل
کر میرے خوابوں تک پہنچ جاتی ہیں ۔ مجھے بستر پر ٹٹولتی ہیں اور مجھے بیوی کی بغل
سے اُٹھا کر یہاں ایک تاریک کمرے میں لے آتی ہیں ۔ یہ بانہیں کتنی خوبصورت
ہیں ـــ ! ان میں خوابوں کی سی پھسلن ہے۔ اُن کے گداز میں ایک طلبیدہ گمرہی ہے
ہوٹل کے اس ہال میں کتنے چہروں کی بھیڑ ہے۔ کتنی آنکھوں کا انبوہ۔ چہرے
جو کتابوں کی طرح آسانی سے پڑھے نہیں جا سکتے ۔ اگر مان بھی لیا جائے کہ ہر چہرہ
ایک کتاب ہے تو اُس کا ہر لفظ اپنے ہی مفہوم کی کھوج میں غلطاں۔ آنکھیں
سمندروں کو پی جانے کے بعد بھی ایک نامعلوم بُوند کے لئے ترستی ہوئیں ـــ!

ایک دن ہوٹل کے پرائیوٹ کمرے میں پہنچ کر تردّد کے سارے بوجھ کو قطرہ قطرہ
نکال دینے کے بعد بھی مجھے محسوس ہونے لگا جیسے میرا وجود بھی ایک وسیع اخراجی
کیفیت سے دو چار ہے ۔ گویا میں ایک لامحدود برتن کا وہ سیّال ہوں جسے ہر
لمحہ ڈھلک کر بہہ جانے کا خوف ہے ۔ میں بُوند بُوند تحلیل ہو رہا ہوں .... ریزہ ریزہ
بکھر رہا ہوں ۔ کمرے کی نیلی روشنی میں میری پرچھائیں دیوار پر پڑی ہو کر مجھے حقارت
سے دیکھ رہی ہے ۔ کاش یہ دیوار ہی نہ ہوتی ! ۔ وہم ایک حماقت کی صورت میں
اس دیوار پر یوں اِنلارج نہ ہوتا ۔ کمرے کی مفروضہ تنہائیاں اور ان میں پوشیدہ
اندھیرے میرے پورے وجود کو اپنے منہ میں لئے جگالی کر رہے تھے۔ ہو سکتا ہے
کوئی بھی لمحہ اِن کی سازش مجھے اس دیوار سے ڈھکیل دے جہاں میری پرچھائیں
بنی ہے ۔ کھوکھلی روشنیوں کی دھجیاں میرا بدن ڈھانک نہ سکیں تو زین دوز اندھیرے
بھی میرا لباس نہ بن سکے ۔ بستر پر پڑی ہوئی مُروّجہ تسکین گاہ اپنے کل پرزے بکھا

کر رہی تھی مایوسی کتنی مشینوں کو مجبوری گئی اور جذبے کے تحت میں نے بے حس کمروں پارکوں، مقدس جگہوں اور گلی کوچوں میں مصروف کار دیکھا ہے۔ حُسن کی کتنی علامتوں کو اور اخلاقیات کی کتنی مورتوں کو میں نے اپنے ہی تعمیر شدہ شہ نشین پر قطرہ قطرہ بہتے دیکھا ہے۔

یہ جسم جو ہوٹلوں کے پرائیوٹ کمروں سے لے کر، گلے سڑے کوچہ و بازار تک دہک رہے ہیں، اپنے جسموں کی تہہ در تہہ گرہوں کو کھول رہے ہیں۔ جو اپنی عریانیاں حاتم کی طرح بانٹ رہے ہیں۔ یہ جسم اپنی روحوں پر احتجاج ہیں۔ زمین دوز اندھیروں کی فراواں تقسیم کھوکھلے اجالوں پر ایک احتجاج ہے۔

صبح کی سپیدی میں حُسن کی یہ علامتیں اور یہ شرافت کے مجسّمے اپنے آگے لفظوں کے زر تار پردے کھینچ لیں گے۔ ورق کی کوئی دیوار کھڑی کر لیں گے۔ اور آئین کا کوئی غول بن لیں گے۔ مجھے کچھ کرنا ہے تو ان کے نقطۂ تحلیل تک پہنچ کر ورنہ سطحی تپش کے نتیجے میں ردّ عمل متوقع نہیں ہوگا۔

ہوٹل کی اوپری منزل سے اُتر کر جب میں غسل خانے میں پہنچا تو مجھے آئینے میں اپنے وجود کے بے شمار ٹکڑے نظر آئے۔ جب میں ان تمام ٹکڑوں کو جمع کرنے میں کامیاب ہو گیا تو پھر مجھے یاد آیا کہ ماں کے لئے دوا لانا میرا پہلا اہم کام ہے۔ پھر مکان کی تعمیر کے لئے اینٹ.... اور....

اُس دن ہوٹل کی سیڑھیاں اتر رہا تھا تو یوں لگتا تھا کہ میری ذمہ داریوں کے سائے میرے قدموں کی چاپ بن کر میرے پیچھے پیچھے آرہے ہیں۔ میں ان سایوں سے پیچھا چھڑا کر بھاگ جانا چاہتا ہوں۔ لیکن ان سایوں سے نجات

میری بے اختیاری ہے۔ حدِ نظر تک عالمِ بے چارگی میں لیٹی ہوئی سڑکیں میرے وجود کا منظر ہیں۔ سیکڑوں قدموں کے نشان میری روح پر پیوست ہیں لیکن وہ قدم جس کے انتظار میں یہ سڑکیں بچھی پڑی ہیں، ابھی نہیں پڑا ہے وہ غبار جو میری روح پر اڑنا ہے ابھی بن رہا ہے۔ اپنے خیال کی آخری حد پر بھی اپنے گھر کی دہلیز نظر آتی ہے۔ اس دہلیز پر کھڑے ہوئے سائے ماں بہنوں اور بیوی کے روپ میں کب سے میری راہ دیکھ رہے ہیں ـــــ وہ سائے بھی پیاسے ہیں لیکن انکی پیاس جلی ہے۔

میں نے کتنا چاہا کہ ان کی پیاس بجھے لیکن میرا امکان اُن کی پیاس کے امکان کے باہر ہے۔ دکانوں کے شوکیسوں میں ملبوسات سجے ہیں۔ اناج کے ڈھیر ہیں۔ لیکن ان کے اور میرے درمیان ایک بڑا خطِ فاصل ہے۔ میں ازل سے پیٹ اور روٹی کے درمیان اتنا بڑا خطِ فاصل کھینچنے والے کو تلاش کر رہا ہوں۔ چھوٹے دائرے بڑے دائروں میں مل کیوں نہیں جاتے ـــــ ؟؟

میری ماں کی کھانسی کی آواز نے میرا ہاتھ پکڑ کر دوا کی تلاش میں مجھے نئی سڑک پر چھوڑ دیا ہے۔ میں اب اس آواز سے بہت دور آ گیا ہوں ..... سامنے شہر کے نائٹ کلب انسانوں کو نگل رہے ہیں۔ سنہرے سینگ والے لنگل لوگوں کو آواز دے رہے ہیں۔ انہیں آگ پلانے کے لئے، جسموں کی تاریک گلیوں کے اندھیرے بانٹنے کے لئے اور پھر ان کا رس چوس کر صبح کو انھیں سڑکوں پر تھوک دینے کے لئے تاکہ وہ اپنے کپڑوں کی گرد جھاڑ کر، جسم سے تھوک میٹ کر عبادت گاہوں، کالجوں اور اخلاقی درس گاہوں میں اخلاق کا نیا درس دینے کے لئے تازہ دم ہو جائیں۔ ـــــ جب تک ان کی پیاس نہیں بجھے گی۔ یہ عمل جاری رہے گا۔ جب تک وہ

لوگ آخری درس نہ دے لیں۔ سنہرے سیننگ والے لیگل بجتے رہیں گے۔

سڑک کی عقبی گلی میں سے گذر کر مجھے میڈیکل شاپ کو جانا ہے۔ دکانیں تو یہاں بھی بہت ہیں لیکن ادھار کوئی نہیں دیتا۔ یہ گلی مجھے ایک دوسری سڑک پر لے جاتی ہے اور وہ سڑک کا راستہ میرے گھر کو جاتا ہے۔ یہ راستوں کا چکر ہے ورنہ بات بہت آسان ہے۔ بظاہر دو نقطے بہت قریب دکھائی دیتے ہیں لیکن اُن میں فاصلہ بہت ہوتا ہے، ہاتھ اور منہ کا فاصلہ زیادہ نہیں لیکن روٹی کا چکر ان فاصلوں کو بہت طویل بنا دیتا ہے۔

یہ عقبی گلی مزدوروں کی بستی ہے۔ اِن کی جھونپڑیوں کے سامنے چارپائیاں پڑی ہیں۔ کچھ لوگ حقّہ کی نے کو منہ میں لئے اپنے اپنے خواب پی رہے ہیں۔ وقت کا فیصلہ ہے کہ اُن کے خواب اصلی نہیں ہیں کیونکہ اُن کے خوابوں کا دھواں حُقّہ کی پُرپیچ نالی سے گذر کر سیدھے منہ میں نہیں آتا بلکہ درمیان میں رکھے ہوئے پانی میں حُلول کر اپنی تاثیر کھو دیتا ہے۔ وہ خوابوں کو نہیں پی رہے ہیں بلکہ پانی ان کے خوابوں کو پی رہا ہے۔ یہاں سے ذرا ہٹ کر نلوں پر نیم عریاں عورتیں نہا رہی ہیں۔ حقّہ کی نَے میں ڈوبے ہوئے مَردوں کو ابھی نہیں معلوم کہ کیبرے کیا ہوتا ہے۔ وہ دیوار کے اُس طرف سے واقف نہیں۔ گویا —— وہ بے وقوف ہیں —— دیوار کے اُس طرف والے بھی تو "اِس طرف" سے واقف نہیں۔ البتہ دیوار "دونوں طرفوں" سے واقف ہے۔ وقت کا فیصلہ تو سُن چکے اب دیوار کا فیصلہ سُننا ہے۔

گلی ختم ہو کر سڑک سے آملی ہے کیونکہ یہ اُس کا مقدّر ہے۔ لیکن میڈیکل شاپ بند ہے۔ اس کا کُھلا رہنا میرا مقدّر نہیں۔ دوسری دکانیں بھی میڈیکل

شاپ سے سمجھوتہ کررہی ہیں۔ میں دکانوں کی دونوں قطاروں کے درمیان سڑک پر تنہا کھڑا ہوں۔ دودھ کے ڈبے اور اینمنٹ تو کل بھی لے سکتا ہوں۔ لیکن ماں کی دوا تو آج کا سوال ہے۔ اتنہا اور سنسان سڑک پر میں اکیلا چل رہا ہوں۔ ہر کھمبا چپ چاپ کھڑا ہے اور چاروں طرف صرف تنہائی بول رہی ہے۔

میرے اندر سے کوئی شخص نکل کر ہر دکان کے کواڑ دھکیل رہا ہے۔ میں اس کو آگے بڑھ کر روکنا چاہتا ہوں لیکن اس کو روکنا میری بے اختیاری ہے۔ میں گھبرا کر ایک گرجاگھر کی گیٹ میں داخل ہو جاتا ہوں۔ اس کے شیشے کے دروازے بھی بند ہیں۔ لیکن اندر ہلکی سی روشنی ہے۔ میں ان بند دروازوں پر اپنے دونوں بازو پھیلائے کھڑا ہوں۔ میرے لب خاموش ہیں۔ لیکن وہ شخص جو ابھی بند دکانوں سے سر ٹکرا رہا تھا۔ گرجا گھر کے وسیع ہال میں چیختا پھر رہا ہے۔

میں دوزانوں ہو کر دعا کرنا چاہتا ہوں۔ لیکن دعاؤں کی قبولیت ابنِ مریم کی بے اختیاری ہے۔ وسیع ہال کے درمیان ابنِ مریم خود ایک صلیب پر لٹکا ہوا ہے۔ صلیب سے نجات ابنِ مریم کی بے اختیاری ہے۔ میں خود اپنے اندر ایک صلیب سے لٹکا پھر رہا ہوں۔ گھر جاؤں گا تو مریم سے ضرور پوچھوں گا کہ تم نے میرے اندر یہ صلیب کیوں لٹکا دی ——————؟؟

ابنِ مریم کی بے بسی دیکھنے کے بعد مجھ میں ایک بے نام سی طاقت آگئی ہے، اور میرے قدم میڈیکل شاپ کے پچھلے دروازے کی طرف اٹھنے لگتے ہیں اس کے پچھلے دروازے تک پہنچنے کے لئے مجھے صرف ایک دیوار پھاندنا ہے ایک دیوار ہی کی تو بات ہے۔ انسان ازل سے دیواریں پھلانگتے آیا ہے۔

لیکن یہ "دَھپ" کی آواز کیسی!!

شاید وہ شخص دیوار پھاند چکا۔۔۔ میں دیکھ رہا ہوں کہ پچھلا دروازہ بھی کھلا پڑا ہے۔ میں بھی اس کے پیچھے اندر بھاگتا ہوں۔ لیکن اندر بہت اندھیرا ہے۔ کوئی سوچ بھی سجھائی نہیں دیتا۔ ہر ٹھوکر پر معلوم ہوتا ہے چیزیں بے ترتیب پڑی ہیں۔ میں اندھیرے میں بھٹک رہا ہوں۔ یکایک کسی کے دوڑنے کی آواز آتی ہے۔ پھر فرش پر بہت سی بوتلوں کے گرنے سے ایک چھناکا ہوتا ہے۔ مجھے باہر جانے کا راستہ بھی سجھائی نہیں دے رہا ہے ــــــــــ کچھ سیٹیاں سی سنائی دیتی ہیں۔

اور ــــــــــ یکبارگی کسی تیز روشنی سے میری آنکھیں چندھیا جاتی ہیں۔ دو سائے میری طرف بڑھتے ہیں۔ مجھے پکڑ کر ایک بوتل میں ٹپکا دیتے ہیں۔ اور میں ایک مُقید بُوند بن کر بھی جیسے اِس بوتل میں چیخ رہا ہوں ــــــــــ!!!

●●

اندھے چراغ

جب کبھی میں صبح کے وقت اسٹیشن روڈ پر سے گذرتا ہوں تو بس اسٹانڈ کے قریب والی سرائے کے سامنے اندھا کریم بخش مجھے ضرور نظر آتا ہے۔ اُس کے ہاتھ میں اخباروں کا ایک بنڈل ہوتا ہے اور وہ زور زور سے تازہ خبریں چلّا کر سناتا رہتا ہے۔ اخبار خرید کر جب لوگ اُسے پیسے دیتے ہیں تو وہ انھیں ہاتھوں سے اچھی طرح ٹٹول کر جانچتا ہے۔ اُن کے کناروں سے اندازہ لگا کر جیب میں ڈال لیتا ہے۔

کریم بخش کو میں اس وقت سے جانتا ہوں جب میں نے نامپلی کی بستی میں ایک مکان کرایہ پر لیا تھا۔ میرے مکان کے بیرونی احاطے میں چند معمولی کمرے بنے ہوئے تھے جن میں سے ایک میں کریم بخش رہتا تھا۔ مجھے اپنے مکان کی گیٹ میں داخل ہونا پڑتا تو اُن کمروں کے سامنے سے گذرنا پڑتا تھا۔ کریم بخش کا کمرہ

میرے دیوان خانہ کی دیوار سے متصل تھا۔ جن میں ایک روشن دان مشترک تھی۔ صبح سویرے یا رات گئے جب بھی میں اپنے دیوان خانے میں موجود ہوتا مجھے برابر کریم بخش کی آوازیں آتی رہتیں۔ اُس کے کمرے میں اس کے ساتھ اس کی ایک جوان بیٹی ناریل کے پتوں سے ہیٹ بنتی۔ دھاگوں سے چوٹی کے پھندنے بناتی اور پلاسٹک کے تاروں سے پرس اور دوسری چیزیں بناتی۔

یہ سب چیزیں لے کر وہ نامپلی ریلوے اسٹیشن کے قریب ایک فٹ پاتھ پر بیٹھ جاتی۔ اخباروں کے دھندے سے فارغ ہو کر باپ بھی اس کے ساتھ بیٹھ جاتا اور بیوپار میں بیٹی کی مدد کرتا۔ ان اشیاء کی پائیداری اور خوبصورتی کی تعریف کرتا، گاہکوں کو سستے داموں کا یقین دلاتا۔ لوگ کچھ تو اندھے کی حالت پر ترس کھا کر وہ سامان خرید لیتے اور کچھ اُس کی بیٹی کی جوانی پر رحم کھا کر۔ بس اسی دھندے پر ان لوگوں کا گذارہ تھا۔ صبح فجر کی نماز سے فارغ ہو کر کریم بخش اپنی بیٹی کو کچھ نہ کچھ پڑھاتا، تاریخی اور اخلاقی کہانیاں سناتا۔ اُس کے بعد جب دونوں جا کر اخبار کے دفتر سے اخبار لا لیتے تو اُس کی بیٹی اس کو خاص خاص سرخیاں پڑھ کر سناتی تاکہ وہ انہیں پکار پکار کر اخبار بیچ سکے۔ پھر دونوں اپنے اپنے کاروبار کے لئے چلے جاتے۔

جب بھی وہ اپنی بیٹی کے کندھے پر ہاتھ رکھ کر سڑکوں پر چلتا تو کچھ لوگ اسے فقیر سمجھ کر خیرات دینا چاہتے۔ لیکن وہ لینے سے انکار کر دیتا۔ راستہ چلتے ہوئے کتنے لوگوں کی نگاہیں اُس کی بیٹی کے جوان

جسم کو تاکتی رہتیں۔ کتنے راہرو دبی ہوئی آوازیں جملے کستے۔ اندھے کو نہیں معلوم تھا کہ اس کی بیٹی کی جوانی کس قدر بدمست ہے۔ اُس کی بیٹی کی سانولے رنگ کی تانبے جیسی باہوں میں کتنی کشش ہے۔ اُس کے الجھے ہوئے بال، الھڑ سی چال میں کتنی طوفان سامانیاں ہیں۔ اس نے کبھی اپنی بیٹی کو نہیں دیکھا تھا۔ کیونکہ وہ پیدائشی اندھا تھا۔ البتہ پہلی بار جب اُس کی بیٹی نے دنیا میں قدم رکھا تھا تو اُس کی آواز سن کر اس نے ... اپنے ذہن کے گھُپ اندھیرے میں بیٹی کی ایک خیالی تصویر بنائی تھی۔ جیسے جیسے ماہ و سال گذرتے گئے۔ اندھے کریم بخش کے ذہن میں اُس خیالی تصویر کی عمر بھی بڑھنے لگی۔ اس نے ایک بیٹی ہی کو کیا اپنی بیوی کی جوانی بھی نہیں دیکھی تھی۔ بلکہ صرف محسوس کی تھی۔ اس نے دنیا کی کوئی شئے نہیں دیکھی تھی۔ اپنے آپ کو نہیں دیکھا تھا۔ صبح کیا ہوتی ہے۔ شام کسے کہتے ہیں اُسے کچھ معلوم نہ تھا اُس کے ذہن میں تو ہمیشہ ایک تاریک رات مسلط رہتی۔ چاند، سورج، ستارے، آسمان، ابر، شفق، پھول، شبنم ان سب کی اس کے ذہن میں، خیالی تصویریں تھیں۔ حتیٰ کہ دھنک کے رنگوں کا بھی اسے اندازہ نہیں تھا۔ اس کے ذہن کے ہر گوشے میں تاریکی تھی۔ اس نے ہر شئے کو محسوس کیا تھا یا پھر سُنا تھا۔ اُسے نہ سیدھے راستے کی تمیز تھی اور نہ ٹیڑھے راستے کی لیکن اپنے احساس کے سہارے وہ زندگی میں ایک سیدھے راستے پر چل رہا تھا۔ اُس کے ذہن کے گھُپ اندھیرے میں شاید کوئی قندیل جل رہی تھی جس کے سہارے وہ زندہ تھا ــــــ اس قندیل ہی کی روشنی میں

وہ اچھائی اور برائی میں تمیز کر سکتا ہے۔ دوست و دشمن کو پہچان سکتا ہے۔ محبت کی شبنم اور نفرت کے انگاروں کو محسوس کرتا ہے۔

کریم بخش کو مجھ سے والہانہ محبت ہے۔ کسی بھی پریشانی یا الجھن کے موقع پر وہ میرے کمرے میں لکڑی کے سہارے آجاتا ہے اور اپنی خالی آنکھوں کے خول کو گھما کر مجھ سے اپنی تکلیف بیان کرتا ہے۔ اُسے یہ بھی معلوم ہے کہ میں آرٹسٹ ہوں، اس لئے کبھی کبھی وہ میری نئی تصویروں کے بارے بھی دریافت کرتا رہتا ہے۔ میں جب الفاظ سے کسی تصویر کا خاکہ کھینچنا شروع کر دیتا ہوں تو اپنی ابروؤں پر خم ڈال کر وہ میری آواز کی طرف اس طرح متوجہ ہو جاتا ہے جیسے وہ خیالوں میں اُس تصویر کو دیکھ رہا ہے۔ میں حیران ہو جاتا ہوں کہ اس قدر اندھیری دنیا میں رہ کر بھی وہ حسن کا کتنا گہرا احساس رکھتا ہے۔ کاش میں رنگوں سے اُس کے اِس احساس کی تصویر کشی کر سکتا۔ کبھی کبھی میں اُس کی بیٹی کو دستکاری کے مختلف ڈزائن بنا کر دیتا ہوں۔ یا پلاسٹک کے تاروں سے بُنی جانے والی اشیاء کے لئے رنگوں کا انتخاب کر دیتا ہوں تو کریم بخش میرے فن کو دعائیں دیتا ہے۔

ایک دن سویرے ہی کریم بخش اپنی لکڑی ٹیکتا ہوا میرے کمرے میں آیا۔ میں نے اس سے پوچھا "کیا بات ہے۔ کریم کاکا۔ آج اخبار بیچنے نہیں گئے"؟

"نہیں اقبال میاں اب اس دھندے میں نقصان ہی ہو رہا ہے"۔ کریم بخش نے بیٹھنے کے لئے ہاتھوں سے جگہ تلاش کرتے ہوئے کہا۔

"نقصان؟ کیوں آج کل اخبار نہیں فروخت ہو رہے ہیں؟" میں نے سوال کیا۔

اخبار تو پہلے سے زیادہ بک رہے ہیں لیکن پیسے بہت کم مل رہے ہیں۔ بارہ پیسے کی جگہ کوئی سات پیسے دے دیتا ہے۔ اور کوئی تین ہی پیسے۔ جو لوگ برابر قیمت دیتے ہیں ان میں آدھے سکّے تو کھوٹے نکلتے ہیں کیا کروں میری قسمت ہی خراب ہے۔"

کریم بخش کی آنکھوں کے خول میں آنسوؤں کے کچھ قطرے آگئے تھے۔ میں بھی چند لمحوں کے لئے سنجیدہ ہو گیا۔ "اِس دھندے کو چھوڑ کر کوئی دوسرا کام شروع کرو۔ فکر کیوں کرتے ہو۔" میں نے قدرے توقف کے بعد کہا۔

"اِس اندھے کو اور کیا کام ملے گا کرنے کے لیے۔" کریم بخش کی آواز بھرّائی۔ معًا مجھے یاد آیا کہ میرے ایک دوست کی دواؤں کی ایک بڑی فرم ہے۔ جس میں بہت سے لوگ کام کرتے ہیں۔ ممکن ہے اس میں کوئی کام کریم بخش کو مل جائے۔

"کریم کاکا! میرے ایک دوست کی دکان میں تمہارے لائق کوئی کام دلا دوں گا۔ تم مایوس کیوں ہوتے ہو۔"

میں نے کہا۔

"خدا تمہیں اچھا رکھے۔ تمہارے فن کو دن دُونی ترقی دے۔" ایسی کتنی ہی دعائیں دیتا ہوا کریم بخش اپنی جگہ سے لکڑی ٹٹولتا ہوا اُٹھا۔ اس کے پاس دعاؤں کے سوا دینے کے لئے اور ہے ہی کیا۔

پھر کچھ دنوں بعد کریم بخش کو "سیوا میڈیکل اینڈ جنرل اسٹور" میں کام مل گیا۔ میری توقع کے خلاف میرے دوست نے بڑی خوشی سے اُسے ملازم رکھ لیا۔

تنخواہ ساٹھ روپے ماہوار طے پائی۔ ایک دن میں چپکے سے مڈیکل اسٹور چلا گیا تاکہ دیکھوں کہ کریم بخش کو آخر کونسا کام دیا گیا ہے۔ میرے دوست نے بتایا کہ وہ دکان کے اندرونی اسٹاف میں ایک کاریگر ہے۔ چونکہ وہ اسٹاف کسی دوسری جگہ پر کام کرتا تھا اس لئے مجھے وہاں کریم بخش سے ملنے کا موقع نہ مل سکا۔ گھر پر ایک بار کریم بخش سے ملاقات ہوئی تو اُس نے مجھے بتایا کہ اُسے نہایت موزوں اور سہل کام دیا گیا۔

"بڑی بوتلوں سے دواؤں کو چھوٹی بوتلوں میں بھرنا پڑتا ہے"۔ بس۔ کریم بخش نے خوشی سے کہا "تمہارے لئے یہ تو بڑا آسان کام ہے"۔ میں نے اس سے کہا

"بالکل آسان ہے۔ صبح سے شام تک تو میں کئی بوتلیں بھر دیتا ہوں"۔ کریم بخش بولا۔ مجھے خوشی ہوئی کہ اندھا کریم بخش اپنے کام سے کس قدر مطمئن ہے۔ میں بھی کچھ حد تک کریم بخش کی موجودہ زندگی سے مطمئن تھا۔ اس کی بیٹی بدستور نامپلی اسٹیشن کے قریب کے فٹ پاتھ پر بیٹھ کر اپنی بنائی ہوئی سجاوٹ کی چیزیں بیچتی۔ ان دونوں کی آمدنی سے ان لوگوں کا گذارہ آسانی سے ہو جاتا تھا۔

اِدھر کچھ دنوں سے مجھے فٹ پاتھ پر اس کی بیٹی نظر نہ آنے لگی۔ اور کریم بخش بھی کئی دن مجھ سے ملنے نہ آیا۔ ایک دن شام کو میں خود ہی کریم بخش کے ہاں گیا تو دیکھا کہ اس کی بیٹی نوراں بستر پر پڑی ہوئی ہے اور اندھا کریم بخش اسکو دوا پلا رہا ہے۔

"کیا نوراں کی طبیعت خراب ہے کاکا؟" میں نے اس سے پوچھا۔

"ہاں اقبال میاں۔ کوئی چار پانچ روز سے اُسے سخت بخار ہے"۔ کریم بخش

نے میری آواز کی طرف اپنا رخ کر کے کہا۔

"کیا دوا سے بھی کم نہیں ہو رہا ہے" میں نے پوچھا۔

"نہیں اقبال میاں۔ جیسے جیسے دوا پلاتا ہوں۔ بخار اور تیز ہو جاتا ہے۔ نہ معلوم آج کل کی دواؤں میں بھی کیوں اثر نہیں" کریم بخش نے کہا۔

"کسی ڈاکٹر سے مشورہ کیا تھا تم نے؟" میں نے پوچھا۔

"جی ہاں۔ پڑوس والے ڈاکٹر کو بتایا تھا۔ انہوں نے ہی ایک نسخہ لکھ دیا تھا۔ سیٹھ صاحب کو وہ نسخہ بتایا تو انہوں نے میری تنخواہ سے پیسے کاٹ کر کچھ دوائیاں دیں۔ بس وہی پلا رہا ہوں"

"بیماری شاید شدید ہو گی۔ علاج جاری رکھو کاکا۔ طبیعت ٹھیک ہو جائیگی۔" میں نے اُسے تسلی دیتے کہا۔

"اقبال میاں۔ نوراں میری آنکھوں کا نور ہے۔ میری اندھیری دنیا کی یہی تو روشنی ہے بیٹا! اس کے ذریعے دیکھتا ہوں۔ اس کے ذریعہ سنتا ہوں۔ اس کی وجہ سے تو میں زندہ ہوں میاں . . . . اگر اسے کچھ ہو گیا تو . . ." یہ کہتے کہتے کریم بخش کی آواز بھرا گئی۔ اور آنکھوں کے خالی خول میں پانی تیرنے لگا۔ یکبارگی میں نے سوچا جس شخص کی آنکھوں میں آنسو بھی آنے سے شرماتے ہوں تو بھلا مسرت کس مُنہ سے آئے گی۔ بے چارے کریم بخش کی زندگی کتنا بڑا المیہ ہے۔"

"مایوس مت ہو کاکا۔ تمہاری نوراں اچھی ہو جائے گی" میں نے اسے اطمینان دلایا اور فوراً وہاں سے لوٹ گیا۔ کیونکہ کریم بخش کی قابلِ رحم حالت کو دیکھنے کی میری آنکھوں میں تاب کہاں تھی۔

ابھی دو ہی دن گذرے تھے کہ ایک دن صبح صبح مجھے کریم بخش کے کمرے سے ہچکیوں کی آوازیں آنے لگیں۔ شاید باپ اور بیٹی دونوں رو رہے تھے۔ میں دوڑ کر ان کے کمرے میں پہنچا تو کریم بخش اپنی داڑھی بیٹی کے سر پر رگڑ رگڑ کر رو رہا تھا۔ "کیا بات ہے کاکا۔ آخر کیا ہوا ہے۔ اب نوراں کی طبیعت کیسی ہے" میں نے ایک سانس میں کئی سوالات کر ڈالے۔

"اقبال میاں۔ میں اب زندہ نہیں رہ سکتا۔ دیکھو میری بیٹی کا بخار کتنا بڑھ گیا ہے" میں نے اس کی کلائی پکڑ کر دیکھا تو وہ گرم انگار تھی۔ "اُف بہت تیز بخار ہے۔ کیا تم اسے دوا نہیں پلا رہے ہو کاکا؟" میں نے پوچھا۔

"دوا پلانے سے تو اس کا یہ حال ہوا ہے اقبال میاں۔ اب میں وہ نوکری نہیں کرونگا۔ نہیں کرونگا"۔ "آخر کیا بات ہے کاکا۔ بولو تو سہی"۔ میں نے پوچھا۔

دواؤں کی اس دوکان میں جانتے ہو مجھ سے کیا کام لیا جاتا تھا؟ کریم بخش نفرت سے کہنے لگا۔ "نہیں!!" میں نے حیرت و استعجاب سے کہا۔

"اصلی دواؤں میں پانی اور نقلی دوائیاں ملانے کا" کریم بخش نے تاسف کے لہجے میں کہا۔

"نہیں کریم کاکا ایسا نہیں ہو سکتا۔ ممکن ہے تم نے غلط اندازہ لگایا ہو"

"اقبال میاں میں اندھا ضرور ہوں لیکن میری عقل پر پتھر تو نہیں پڑے ہیں۔ میں نے کل ہی چھوٹی بوتلوں میں ملائی جانے والی دوا کو چکھ کر دیکھا تو پانی تھا۔ کاش مجھے پہلے اس کا علم ہوتا۔ کتنی ہزار شیشیاں میں نے پانی سے بھری ہیں۔ لاعلمی میں کتنی بوتلوں میں نقلی دوائیاں بھرتا رہا ہوں"۔ اقبال میاں۔ اچھا ہوا جو

میری آنکھیں نہیں ہیں۔ ورنہ کتنے لوگوں کی بددعائیں میرے سر ہوتیں۔"
کریم بخش نے تڑپ کر کہا۔ مجھ پر اس وقت سکتہ کا سا عالم تھا۔

کچھ روز بعد نوراں دواخانے سے ٹھیک ہو کر آ گئی تو کاکا کے ساتھ میں نے بھی اطمینان کی سانس لی۔ ایک تو پڑوسی ہونے کی حیثیت سے مجھے کریم بخش کے حالات سے دلچسپی تھی۔ دوسرے اس کی راست بازی محنت اور اصولی زندگی سے مجھے ایک قسم کی ہمدردی تھی۔ بیٹی اچھی ہو گئی تو کریم بخش اُس دواؤں والے واقعے کو بالکل بھول چکا تھا۔ لیکن کریم بخش کے ذریعہ اس انکشاف کے بعد میرے ذہن میں اپنے دوست کی قلعی کھل چکی تھی۔ بظاہر میں اس سے مل لیتا لیکن دل ہی دل میں اُس سے نفرت کرنے لگا تھا۔ مجھے اس واقعہ کے صدمے کے ساتھ ساتھ اس بات کا بھی دکھ تھا کہ کریم بخش اُن دنوں بالکل بیکار تھا۔

چند دنوں سے مجھے اندھے کریم بخش کا کمرہ بند دکھائی دینے لگا تھا۔ نامپلی کے فٹ پاتھ پر اس کی بیٹی بھی اپنا سامان بیچتے ہوئے نظر نہ آئی۔ نہ معلوم باپ اور بیٹی دونوں کہاں چلے گئے تھے ایک دن راستہ میں کریم بخش نے مجھے بتایا کہ اسے اناج کے ایک گودام پر کوئی نوکری مل گئی ہے۔ چونکہ اسے رات بھر وہیں رہنا پڑتا ہے اس لئے کریم بخش نے بیٹی کو بھی اپنے ساتھ رکھ لیا۔ موجودہ نوکری سے اسے مطمئن دیکھ کر مجھے بھی یک گونہ اطمینان ہوا لیکن کسی حد تک اُس کی روح کو اضطراب تھا۔ وہ اندر ہی اندر اِس نوکری سے قدرے ناخوش بھی تھا۔ شاید اس لئے کہ وہ رات کی نوکری

تھی۔ اور اسے اپنی بیٹی کو اپنے ساتھ جگہ جگہ لئے پھرنا پڑ رہا تھا۔ اُس نے اپنی بیٹی کو اپنے دل و جان سے عزیز رکھا تھا۔ اُس کی حفاظت وہ ایک ماں کی طرح کر رہا تھا۔ اس کی حالت اس بلی جیسی تھی جو اپنے نوزائیدہ بچوں کو منہ میں پکڑے ادھر ادھر چھپاتے پھرتی ہے۔

●

ایک دن میں منظر کی پینٹنگ بنانے شہر سے دور ایک گاؤں کی طرف چلا گیا تھا۔ دن میں کافی دیر تک پینٹنگ کرنے کے بعد جب شام کو شہر کی طرف واپس ہو رہا تھا تو راستہ میں مجھے اندھا کریم بخش نظر آیا۔ ایک ہاتھ بیٹی کے کندھے پر رکھے۔ اور دوسرے ہاتھ میں اپنی لکڑی تھامے وہ گاؤں کی طرف چلا جا رہا تھا۔ ان لوگوں کو وہاں دیکھ کر مجھے تعجب ہوا۔

"کریم کاکا۔! کریم کاکا۔ اُدھر کہاں جا رہے ہو؟" میں نے اُسے آواز دی۔

"کون؟ اقبال میاں ..... آپ یہاں کیسے؟" اس نے پوچھا

"ایسے ہی کچھ پینٹنگ بنانے آ گیا تھا۔ کاکا۔ لیکن یہ تو بتاؤ آخر آپ کدھر جا رہے ہیں؟"

میں ... میں ... جا رہا ہوں میاں ... بہت دُور .... دنیا تو بہت بڑی ہے نا میاں .... کہیں نہ کہیں چلا جاؤں گا — " کریم بخش نے کہا۔

اُس کے اس جملے سے میں سمجھ گیا کہ وہ کسی نا معلوم مقام کی طرف جا رہا ہے۔ آخر کیوں جا رہے ہو کاکا؟ کیا بات ہے؟ تمہاری نوکری کا کیا ہوا؟"

کچھ نہ پوچھو میاں۔ کچھ نہ پوچھو مجھے کسی بات کا دُکھ نہیں ہے۔ دکھ تو یہ ہے کہ میں صرف

اندھا کیوں ہوں گونگا اور بہرا کیوں نہ ہوا۔"

"کاکا۔ یہ آپ کیا کہہ رہے ہیں۔ بات کیا ہے کاکا۔" میری تشویش بڑھنے لگی۔

"بات کچھ بھی نہیں میاں۔ کاش میری آنکھوں کے دیئے کے ساتھ میرے دل کا چراغ بھی بجھ جاتا۔ کاش میری نیک دنیا میں اس ستارے کی روشنی بھی مٹ جاتی۔" اندھے کریم بخش کی پلکیں تیزی سے حرکت کرنے لگیں۔ اس کی آنکھوں کے خالی خول پھر ایک بار آبدیدہ ہو گئے۔ اس نے اپنی لکڑی سے جگہ کو ٹٹول کر دیکھا اور قریب کے ایک پتھر پر آہستہ بیٹھ گیا۔ پھر اس نے ایک لمبی آہ بھری۔

ان چند لمحوں میں، میں مبہوت کھڑا واقعات کو جاننے بے چین تھا۔

"بات یہ ہے میاں۔ آپ کو تو معلوم ہے میں سیٹھ کے اناج کے گودام پر چوکیدار تھا۔ میرا کام اناج کے تھیلوں کی نگرانی کے ساتھ ساتھ اندر آنے اور جانے والوں کے سامان کی تلاشی لینا بھی تھا۔ باہر سے آتے وقت مزدوروں کے سروں پر اناج کے تھیلے ہوتے تھے لیکن جاتے وقت انھیں خالی چھوڑنا پڑتا تھا۔ ایک دن ایک مزدور جو باہر سے اندر گودام میں ایک تھیلا اٹھائے آرہا تھا۔ میں نے سمجھا کہ وہ باہر جا رہا ہے۔ اس لئے میں نے اسے روک لیا اور تھیلا نیچے اتارنے کہا۔ وہ بڑی مشکل سے تھیلا اتارنے پر راضی ہوا تو میں نے یہ معلوم کرنے کے لئے کہ آخر وہ کیا لے جا رہا ہے اناج کے تھیلے کو کھول کر اس میں ہاتھ ڈالا۔ پورا تھیلا ریت سے بھرا ہوا تھا میاں صرف ریت سے ... وہ اُسے اناج میں ملا دینا چاہتا تھا۔ میں اُسی وقت

اُسے پکڑا ___ اور زور زور سے چلا کر سب لوگوں کو جمع کر لیا۔ پھر میں نے خود سیٹھ کو یہ واقعہ سنایا۔ سیٹھ میری بات سُن کر خاموش ہو گیا۔ لیکن دوسرے دن مجھے نوکری سے نکال دیا گیا۔ سیٹھ نے مجھے دھمکی دی کہ اگر میں یہ بات کسی سے کہوں تو میری بیٹی کو نقصان پہنچایا جائے گا۔

اب بھلا میں اس شہر میں کیسے رہتا میری بیٹی کو کچھ نقصان پہنچنے سے پہلے میں مر جاؤں گا میاں۔ اب میں اس شہر میں رہنا نہیں چاہتا۔ سب لوگ آنکھیں رکھتے ہوئے بھی اندھے ہیں میاں، اندھے ہیں۔

کریم کاکا کی زبانی یہ باتیں سن کر میرے پیروں تلے زمین نکل گئی۔ مجھے اس کی حالت پر ترس آ رہا تھا۔ "پھر اب کہاں جاؤ گے کاکا ___ ؟؟

"اقبال میاں کہیں تو جگہ ملے گی۔ کہیں تو ایسی بستی ملے گی جہاں لوگ آنکھیں رکھتے ہوئے بھی اندھے نہ ہوں گے"

"کاکا! نئی جگہ پر اپنی بیٹی کو لیے کہاں بھٹکتے پھرو گے۔ میرے ساتھ اپنے گھر چلو"۔

"وہاں چل کر کیا کروں میاں!"

"وہاں اب تم میرے ساتھ کام کرو کاکا۔ میں تصویریں بناؤں گا۔ تم انہیں فروخت کرو۔ مجھے تم اپنے ہاتھ کی لکڑی سمجھو۔ اپنی آنکھیں اور اپنی روشنی سمجھو کاکا۔" میں نے کہا۔

میں نے اُس وقت دیکھا کہ اندھے کریم بخش کی خالی آنکھوں میں کہیں اندر ہی اندر ایک چراغ پھر جھلملا رہا ہے۔ اس کی آنکھوں کے خول میں

ٹھہرے ہوئے آنسو ڈوبتے سورج کی روشنی میں تاروں کی طرح چمک رہے تھے۔

"چلو چلتا ہوں میاں۔ لیکن تم نے جو تصویریں بنائی ہیں نا میاں۔ اب تم ان سب کی آنکھیں مٹا دینا۔"

اندھے کریم بخش نے بڑی سنجیدگی سے کہا اور اُٹھ کر لکڑی ٹٹولنے لگا۔

●●

ابراہیم شفیق کے افسانوں کا ایک اور مجموعہ

زندگی اک گیت ہے

مصنف : ابراہیم شفیق

بین الاقوامی ایڈیشن منظر عام پر آچکا ہے